大家小书

诗境浅说

俞陛云 著

北京出版集团公司
北京出版社

图书在版编目（CIP）数据

诗境浅说 / 俞陛云著．— 北京 ：北京出版社，2016. 7

（大家小书）

ISBN 978-7-200-11985-5

Ⅰ. ①诗… Ⅱ. ①俞… Ⅲ. ①唐诗—诗歌评论 Ⅳ. ①I207. 227.42

中国版本图书馆CIP数据核字（2016）第065342号

总策划：安　东　高立志　　责任编辑：陈金华　陶宇辰

· 大家小书 ·

诗境浅说

SHIJING QIANSHUO

俞陛云　著

*

北京出版集团公司
北京出版社　出版

（北京北三环中路6号　邮政编码：100120）

网　址：www.bph.com.cn

北京出版集团公司总发行

新华书店经销

北京华联印刷有限公司印刷

*

880毫米×1230毫米　32开本　11.375印张　153千字

2016年7月第1版　2023年4月第6次印刷

ISBN 978-7-200-11985-5

定价：32.00元

质量监督电话：010-58572393

序　言

袁行霈

“大家小书”，是一个很俏皮的名称。此所谓“大家”，包括两方面的含义：一、书的作者是大家；二、书是写给大家看的，是大家的读物。所谓“小书”者，只是就其篇幅而言，篇幅显得小一些罢了。若论学术性则不但不轻，有些倒是相当重。其实，篇幅大小也是相对的，一部书十万字，在今天的印刷条件下，似乎算小书，若在老子、孔子的时代，又何尝就小呢?

编辑这套丛书，有一个用意就是节省读者的时间，让读者在较短的时间内获得较多的知识。在信息爆炸的时代，人们要学的东西太多了。补习，遂成为经常的需要。如果不善于补习，东抓一把，西抓一把，今天补这，明天补那，效果未必很好。如果把读书当成吃补药，还会失去读书时应有的那份从容和快乐。这套丛书每本的篇幅都小，读者即使细细地阅读慢慢地体味，也花不了多少时间，可以充分享受读书的乐趣。如果把它们当成补药来吃也行，剂量小，吃起来方便，消化起来也容易。

我们还有一个用意，就是想做一点文化积累的工作。把那些经过时间考验的、读者认同的著作，搜集到一起印刷出版，使之不至于泯没。有些书曾经畅销一时，但现在已经不容易得到；有些书当时或许没有引起很多人注意，但时间证明它们价值不菲。这两类书都需要挖掘出来，让它们重现光芒。科技类的图书偏重实用，一过时就不会有太多读者了，除了研究科技史的人还要用到之外。人文科学则不然，有许多书是常读常新的。然而，这套丛书也不都是旧书的重版，我们也想请一些著名的学者新写一些学术性和普及性兼备的小书，以满足读者日益增长的需求。

“大家小书”的开本不大，读者可以揣进衣兜里，随时随地掏出来读上几页。在路边等人的时候，在排队买戏票的时候，在车上、在公园里，都可以读。这样的读者多了，会为社会增添一些文化的色彩和学习的气氛，岂不是一件好事吗？

“大家小书”出版在即，出版社同志命我撰序说明原委。既然这套丛书标示书之小，序言当然也应以短小为宜。该说的都说了，就此搁笔吧。

前　言

吴庚舜

一提起《诗境浅说》的作者俞陛云先生，顿时使我想起二十七年前的一件与他相关的往事。

1975 年 9 月中旬的一个晚上，我和永品君相约到永安里去看望俞平伯先生。他一见到我们很高兴，谈天中他带我们去看他亲手种在花盆里的茑萝，绿叶红花，欣欣向荣。欣赏中，俞先生喜形于色，足见虽经“文革”的浩劫，他热爱生活之情依然如故。我很景仰俞先生的书法，于是请他为我写一幅字，他答应了，说等他精神好的时候就给我写。国庆刚过不久，我就收到了他写的条幅。我急切地将宣纸展开，啊，原来他知道我是四川人，就特地挑选了他父亲俞陛云在《蜀诗纪》里咏新都杨慎故园的《桂湖》诗：

锦城甲第丽金铺，近郭名园数桂湖。

词客衣冠留故宅，青郊裙屐会新都。
天香浸海人疑醉，荷叶成云路欲无。
灯火渐阑星渐隐，鞭丝侵晓又征途。

我将条幅送给钱锺书先生看，他说诗有特色，“荷叶成云路欲无”尤为传神。

俞陛云先生有关唐宋文学的著作之所以使人爱读，与他的素养大有关系，不知人论世，就无法作出合理的解释。

俞陛云（1868—1950），字阶青，号乐静居士。浙江德清人。祖父俞樾，是清代著名学者，对他很有影响。清德宗光绪二十四年（1898），俞陛云三十一岁时，参加进士考试，殿试名列第三，以探花及第。官翰林院编修。曾宦游蜀中。他是诗人、词人，对唐宋文学尤有研究，其生活年代在晚清至新中国成立之初，享年八十三岁。著有《绚华室诗忆》、《蜀诗纪》、《小竹里馆吟草》、《乐静词》、《唐五代两宋词选释》、《诗境浅说》、《诗境浅说续编》等。

《诗境浅说》（包括《续编》），按书前序言所叙，给人印象是就《唐诗三百首》讲唐诗，是《唐诗三百首》的新版本，实则不然。从全书看，他开初是想从《唐诗三百首》中选诗论诗，书的甲编也确实仅从《唐诗三百首》的五律中选诗作为示范，其后则根据作者的思考，选诗范围较《唐诗三百首》扩大了许多。

《诗境浅说》包括正编和续编两个部分，前者集中讲律诗，共分四编：甲编讲五律，共选24家，诗39首；乙编为“五言摘句”，系摘引五律名联，共35家，56联，讲五律对仗佳处；丙编讲七律，共选29家，诗47首；丁编为“七言摘句”，系摘引七律名联，共30家，45联，讲七律对仗佳处。本书续编，专论绝句。其“五言绝句”，共引77家，诗131首；“七言绝句”，共引93家，诗249首。二者共计380首，仅续编已大大超过《唐诗三百首》。

与《唐诗三百首》等书比较，《诗境浅说》不仅在选诗上能自成体系，而且与陈婉俊《唐诗三百首补注》也大不相同。陈书只作注，不谈诗的“义蕴之深，诗境之妙”。《诗境浅说》因为是专论唐律、唐绝作法的，所以将精力全部倾注在分析每首唐诗、每副名联的“声调、格律、意义及句法、字法”乃至其“诗境之妙”上，故予人启迪尤深。作者是诗词名家，深知创作甘苦，加以对唐诗有全面而深入的探索，所以每每能用深入浅出、雅俗共赏的语言，揭示出每诗、每联的诗情画意来。如书中论杜甫《旅夜书怀》说：

> 此与李白之《夜泊牛渚》，同一临江书感。一则写高旷之意，一则写身世之感，皆气象干云，所谓李杜文章，光

焰万丈也。首叙江上旅夜，先言泊舟之地，次及泊舟之人，而寥寂之景，已可想见。三四言江干远眺，句极雄挺，与李白之“山随平野尽”二句，大致相似，而状以“垂”“涌”二字，则意境全换。盖野阔则天幕四低，用一“垂”字，见繁星之直垂天尽处，用一“涌”字，见高浪驾空，挟月光而起伏。炼字精警无匹。以下皆书怀之句……

对仗句在律诗中不可或缺，名联往往起着特殊作用，令人过目难忘，所以作者讲律诗作法，讲诗境，特别标举出来以作示范。如书中论李白《送友人入蜀》“山从人面起，云傍马头生”一联时说：

蜀中之栈道峡江，雄奇甲海内，惟李杜椽笔足以举之。李诗上句，言拔地高峰，忽当人而立，见山之奇也。万山环合，处处生云，马前数尺，即不辨径途，见云之近也。杜陵诗云：入天犹石色，穿水忽云根。言仰望若峰势已接天空，而更上犹有石色，见山之高也；俯视不见山足，但见云根深插水中，见山之削也。以雄奇之笔，状雄奇之景，是足凌驾有唐矣。

好诗后配以韵味无穷的美文，令读《诗境浅说》的人不仅能得到写诗的门径，而且也能获得美感的享受，这就是本书成功之处。

2002年11月于中国社会科学院文学研究所

目 录

序

丙子夏日，孙儿女自学堂暑假归，欲学为诗。余就习诵之唐诗三百首，先取五言律，为日讲一诗。凡声调格律意义及句法字法，剖析言之，俾略知径途，经月积成一卷。老友章君式之见之，喜其便于初学，为署端曰“诗境浅说”。忆弱冠学诗，先祖曲园公训之曰：学古人诗，宜求其意义，勿猎其浮词，徒作门面语。余铭座勿谖。若云尚论古人，则余未敢也。德清俞陛云识。

诗境浅说甲编

送杜少甫之任蜀川　　王　勃

城阙辅三秦，风烟望五津。
与君离别意，同是宦游人。
海内存知己，天涯若比邻。
无为在歧路，儿女共沾巾。

首句言所居之地，次言送友所往之处。先将本题叙明。以下六句，皆送友之词，一气贯注，如娓娓清谈，极行云流水之妙。大凡作律诗，忌支节横断。唐人律诗，无不气脉流通，此诗尤显。作七律亦然。后半首言得一知己，则千里同心，何须伤别。推进一层，不作寻常离别语。故三四句言送别而况同是宦游，极堪伤感，正以反逼下文，乃开合顿挫之法也。

在狱咏蝉　　骆宾王

西陆蝉声唱，南冠客思深。
不堪玄鬓影，来对白头吟。
露重飞难进，风多响易沉。
无人信高洁，谁为表余心？

起句言狱中闻蝉，题之本位也。三四句由蝉说到己身，层次井然。而玄鬓白头，于句法流转中，兼工琢句。五句言蝉因露重而沾翅难飞，犹己之以谗深而含冤莫白。六句言蝉因风多而响易沉，犹己之以毁积而辞不达。末二句慨然说明借蝉喻己之意。此诗取譬最为明切。大凡咏物诗，或见物兴感，或借物自况，或借物寓意，方有题外之味，不拘拘迹相，《诗经》兴赋比三体中之比体也。

咏物用典能贴切固佳，能用典切题而兼有意则尤佳。昔人诗《过贾谊宅》云：寒林空见日斜时。用庚子鹏鸟事。《隋宫》云：终古垂杨有暮鸦。用隋堤栽柳事。《桃花》云：怪他去后花如许，记得来时路也无。用崔护重来事及《桃花源记》。雅切而又活泼。咏物数典者，可以此类推。

和晋陵陆丞早春游望　　杜审言

独有宦游人，偏惊物候新。
云霞出海曙，梅柳渡江春。
淑气催黄鸟，晴光转绿蘋。
忽闻歌古调，归思欲沾巾。

首二句言与友皆在客中逢春，非在故乡，故因物候而惊心也。中四句赋“早春游望”四字。云霞句写早之景，梅柳句写春之景。五六句，一写在陆而闻者，因春至而时鸟变声；一写在水而见者，因春至而渚出水。一年容易，又值春光，正乡心撩乱之际，况闻陆丞之歌诗，声音感人，不觉归思沾巾矣。此诗为游览之体，实写当时景物。而中四句，“出”字“渡”字“催”字“转”字，用字之妙，可谓诗眼。春光自江南而北，用“渡”字尤精确。

题破山寺后禅院　　常　建

清晨入古寺，初日照高林。
曲径通幽处，禅房花木深。

山光悦鸟性，潭影空人心。
万籁此俱寂，惟闻钟磬音。

此为游破山寺后院而作。为寺中深静处，故首二句点题外，以下六句，愈转愈静。三四句在诗律亦可不作对语。由幽径至禅房深处，惟有鸟声潭影耳。鸟多山栖，而写鸟性用一“悦”字；水令人远，而写人心用一“空”字。名句遂传千古。末句惟闻钟磬，所谓静中之动，弥见其静也。

破山寺即常熟兴福寺，米襄阳所书诗碣，尚在禅堂，“照高林”作“明高林”。此诗“悦”字“空”字，其平仄不用谐律，则作“明”字为佳。余两游此寺，在空心亭凭阑小憩，山容鸟语，不异当年。洵千载名蓝也。

渡荆门送别　　李　白

渡远荆门外，来从楚国游。
山随平野尽，江入大荒流。
月下飞天镜，云生结海楼。
仍怜故乡水，万里送行舟。

太白天才超绝，用笔若风樯阵马，一片神行。姑取三首为读者告，亦窥豹一斑也。此诗首二句言送客之地，中二联写荆门空阔之景，惟收句见送别本意，图穷匕首见，一语到题。昔人诗文，每有此格。次联气象壮阔，楚蜀山脉，至荆州始断；大江自万山中来，至此千里平原，江流初纵。故山随野尽，在荆门最切。四句虽江行皆见之景，而壮健与上句相埒。后顾则群山渐远，前望则一片混茫也。五六句写江中所见，以天镜喻月之光明，以海楼喻云之奇特。惟江天高旷，故所见如此。若在院宇中观云月，无此状也。末二句叙别意，言客踪所至，江水与之俱远，送行者心亦随之矣。近人凌霄诗：离情从此如春水，随着扁舟日夜生。意境与此略同，但李诗以简括出之，凌诗虽蕴藉多姿，而较弱矣。

听蜀僧濬弹琴　　　　李　白

蜀僧抱绿绮，西下峨眉峰。
为我一挥手，如听万壑松。
客心洗流水，余响入霜钟。
不觉碧山暮，秋云暗几重。

此诗前半首，质言之，惟蜀僧为弹琴一语耳。学作诗者，仅此一语，欲化作四句好诗，几不知从何下笔。试观其起句，言蜀僧抱古琴，自峨眉而下，已有“入门下马气如虹”之概。紧接三四句，如河出龙门，一泻千里。以松涛喻琴声之清越，以万壑松喻琴声之宏远，句法动荡有势。五句言琴之高妙，闻者如流水洗心，乃赋听琴之正面。六句以霜钟喻琴，同此清回，不以俗物为譬，乃赋听琴之尾声。收句听琴心醉，不觉山暮云深，如闻韶忘肉味矣。

牛渚夜泊　　李　白

牛渚西江夜，青天无片云。
登舟望秋月，空忆谢将军。
余亦能高咏，斯人不可闻。
明朝挂帆去，枫叶落纷纷。

太白旷世高怀，于此诗可见。纤云四卷，素月当空，正秋江绝妙之景。独客停桡，提笔四顾，寂寥谁可语者？心仪追慕，惟有谢公。犹登岘首而怀叔子，涉湘水而吊灵均也。四五句言余亦登高能赋，不让古贤。而九原不作，欲诉无人，何必长此流连。乃清晓扬帆而去，但见枫叶乱飞，江山摇落，益增忉怛耳。诵此诗如诵姜白石词，扣舷长啸，万象皆为宾客也。

春望　　　　杜　甫

国破山河在，城春草木深。
感时花溅泪，恨别鸟惊心。
烽火连三月，家书抵万金。
白头搔更短，浑欲不胜簪。

起笔即写出春望伤乱大意。时经安史之变，州郡残破，惟剩水残山，依然在目。次句言春到城中，人事萧条，而草木无知，依然欣欣向荣。烟户寥落，益见草木深茂也。三四句言春望所见闻：春日好花悦目，而感时者见之，翻为溅泪；鸣鸟悦耳，而恨别者听之，只觉惊心。五六句更从远望，则烽火连绵，经三月而未息。家书句尤脍炙人口，望而不至，难得等于万金。在极无聊赖之时，搔首踌躇，顿觉萧疏短发，几不胜簪。于怀人伤乱之余，更嗟衰老，愈足悲矣。

月夜忆舍弟　　　　杜　甫

戍鼓断人行，边秋一雁声。
露从今夜白，月是故乡明。
有弟皆分散，无家问死生。

寄书长不达，况乃未休兵。

诗言兵后荒凉之夜，中野无人，戍鼓沉沉而外，惟闻长空一雁哀鸣耳。三句言空园白露，今夕又入新秋，身在他方，但有举头月色，与故乡共此光明。后四句可分数层之意：有弟而分散，一也；诸弟而皆分散，二也；分散而皆无家，三也；生死皆不可问，四也；欲探消息，惟有寄书，五也；奈书长不达，六也。结句言何况干戈未息，则音书断绝，而生死愈不可知，将心曲折写出，而行间字里，仍浩气流行也。

旅夜书怀　　杜甫

细草微风岸，危樯独夜舟。
星垂平野阔，月涌大江流。
名岂文章著，官应老病休。
飘飘何所似，天地一沙鸥。

此与李白之《牛渚夜泊》，同一临江书感。一则写高旷之意，一则写身世之感，皆气象干云，所谓李杜文章，光焰万丈也。首叙江上旅夜，先言泊舟之地，次及泊舟之人，而寥寂之景，已可想见。三四言江干远眺，句极雄挺，与李白之“山随平野尽”二句，大致相似，而状以“垂”“涌”二字，则意境全换。盖野阔则天幕四低，用一“垂”字，见繁星之直垂天尽处，用一“涌”字，见高浪驾空，挟月光而起伏。炼字精警无匹。以下皆书怀之句，言虽善文章，名不加显，况兼老病，官且应休。则声誉功名，两无所得。飘泊一身，直与江上沙鸥相等，宜怀抱难堪矣。沙鸥句兼有超旷之意，言身在天地间，如沙鸥飘然，一无系恋。吴梅村诗“放怀天地本浮鸥”，即用此意也。

登岳阳楼

杜　甫

昔闻洞庭水，今上岳阳楼。
吴楚东南坼，乾坤日夜浮。
亲朋无一字，老病有孤舟。
戎马关山北，凭轩涕泗流。

此题宏大，读者试思如何起笔。少陵即从本题直说，昔闻洞庭之名，今登楼亲见之，开门见山。用对句起，雄厚有力。三句言洞庭为东南大泽，湖以南为楚地，北接大江，东下皆吴境，吴楚由此坼分。四句言巨浸接天，周环八百里。登楼四顾，似天地皆为浮动。二句包举洞庭气概。“坼”、“浮”二字，精炼而确。五六句写登临之感，乱离身世。亲朋片札难通，而已则江湖孤棹，老病侵寻。况关山北望，戎马生郊，但有凭阑雪涕耳。

过香积寺　　王　维

不知香积寺，数里入云峰。
古木无人径，深山何处钟。
泉声咽危石，日色冷青松。
薄暮空潭曲，安禅制毒龙。

前录李杜诗，有磊落英多之气。以下录王孟诗，皆清微淡远之音。天风海涛，一变而为吹花嚼蕊。作诗者心境不同，诗格随之而异，各臻其妙也。此诗写赴寺道中山景，在题前盘绕。先言行云峰数里，尚未到寺。三四句言此数里中，古木夹道，寂无人迹，惟闻钟声出林霭间，而不知闻根在何处，有天际清都之想。与常建之“惟闻钟磬音”，同一静趣。五句言山泉遇危石阻之，乃吞吐盘薄而下，以“咽”字状之。六句言烈日当空，而万松浓荫，但觉清凉，以“冷”字状之。非特善写物状，兼写山中闻见，清绝尘寰。末句归到山寺，言龙归潭静，见禅理高深也。常建过破山寺，咏寺中静趣，此咏寺外幽景，皆不从本寺落笔。游山寺者，可知所着想矣。

酬张少甫　　王　维

晚年惟好静，万事不关心。
自顾无长策，空知返旧林。
松风吹解带，山月照弹琴。
君问穷通理，渔歌入浦深。

前半首颇易了解，言老去闭门，视万事如飘风过眼，不为世用，亦不与世争，既无长策，惟有归隐山林。四句纵笔直写，如闻挥麈高谈。五六句言松风山月，皆清幽之境；解带弹琴，皆适意之事。得松风吹带，山月照琴，随地随事，咸生乐趣，想见其潇洒之致。末句酬张少甫，言穷通之理，只能默喻，君欲究问，无以奉答，试听浦上渔歌，则乐天知命，会心不远矣。

终南别业　　王　维

中岁颇好道，晚家南山陲。
兴来每独往，胜事空自知。
行到水穷处，坐看云起时。

偶然值邻叟，谈笑无还期。

此诗见摩诘之天怀淡逸，无住无沾，超然物外。言壮岁即厌尘俗，老去始卜宅终南，无多同调，兴到惟有独游。选胜怡情，随处若有所得。不求人知，心会其趣耳。五六句即言胜事自知，行至水穷，若已到尽头，而又看云起，见妙境之无穷，可悟处世事变之无穷，求学之义理亦无穷。此二句有一片化机之妙。结句言心本悠然，偶值邻翁，即流连忘返。如行云之在太虚，流水之无滞相也。

与诸子登岘山　　孟浩然

人事有代谢，往来成古今。
江山留胜迹，我辈复登临。
水落渔梁浅，天寒梦泽深。
羊公碑尚在，读罢泪沾襟。

前四句俯仰今古，寄慨苍凉。凡登临怀古之作，无能出其范围。句法一气挥洒，若鹰隼摩空而下，盘折中有劲疾之势，洵推杰作。刘长卿之“人世几回伤往事，山形依旧枕寒流”；近人沉归愚之“微茫欲没三山影，浩荡还流六代声”；高念东之“依然极浦生秋水，终古寒潮带夕阳”，同一临江书感，孟诗尤百读不厌也。五六句言天寒水落，写岘首所见之景。洞庭浩瀚无涯，至冬而泛溢之水，悉归于槽，益见其深。余曾涉洞庭，知其“深”字之确。收笔追怀羊祜，乃本题应有之义也。

过故人庄　　孟浩然

故人具鸡黍，邀我至田家。
绿树村边合，青山郭外斜。
开轩面场圃，把酒话桑麻。
待到重阳日，还来就菊花。

诗写田家闲适之境，诵之觉九衢车马，尘起污人矣。旧雨相招，鸡黍即田家之盛馔。通首皆纪实事，以韵语写其真趣。三四句言近树则四面合围，远岫则一行斜抱，乃庄外之景。余昔年行役数千里，每于平畴浩莽中，遥见绿树成丛，其中必有村屋，知三句“合”字之妙。五六句言场圃即在门前，桑麻皆资谈助，乃庄中之事。更留后约，同赏菊花，益见雅人深致，涤尽尘襟也。先祖诗集首篇《兰陵菊花歌》有句云：“谁人解赏花真面，此花不如城外好。”盖花入城中，栽以瓷盆，闭诸华屋，全失篱边之天趣矣。

留别王维　　孟浩然

寂寂竟何待，朝朝空自归。
欲寻芳草去，惜与故人违。
当路谁相假，知音世所稀。
只应守寂寞，还掩故园扉。

此诗因仕宦未成，乃谋归计，临歧别友，不尽低徊。全首诗清空旋折，如闻长亭话别之声。首二句意谓每日惘惘而出，寂寂而归，一无成就，留此何为。三句以芳草喻田野，言不如归去。四句言去此他无所恋，所惜者与故人别耳。五六句承上言之，京华冠盖，知我者惟有故人。结句谓归老田园，此后寂寥谁语，但有闭门，流水高山，牙琴罢鼓矣。襄阳怀才不遇，拂袖而行。若渊明之诗，则委心去留，绝无愤世语也。

早寒有怀　　孟浩然

木落雁南度，北风江上寒。
我家襄水曲，遥隔楚云端。
乡泪客中尽，孤帆天际看。
迷津欲有问，平海夕漫漫。

起句飘空而来，非特得势，且情韵悠然，既以江风落木，写出早寒；三四句即说到怀乡，随笔写来，自成对偶，句法生动。五六句言久在客中，望江上片帆，远入天际，是我还乡之路。与温飞卿之“过尽千帆皆不是，斜辉脉脉水悠悠”相似。同是临江怅望，一则羡他人之归帆，一则望来舟而不至也。末句从早寒说到漫漫永夕，则竟日之低徊不置，自在言外。

秋日登吴公台上寺远眺，寺即陈将吴明彻战场

刘长卿

古台摇落后，秋入望乡心。
野寺来人少，云峰隔水深。
夕阳依旧垒，寒磬满空林。
惆怅南朝事，长江独至今。

首句言荒台凭眺，秋士多悲，叙明作诗本意。三句言野寺游踪罕至，佳处不在寺中，宜于远眺。四句乃赋远景，见隔岸云白峰青，层层掩映，可知山之深远。五句写怀古之意，残营废垒，凭吊无人，惟有一抹斜阳，依依留照。用一“依”字，觉无情而有情也。六句言平林叶脱，时闻磬声，用一“满”

字，正以状秋林之空。此二句试曼声诵之，不仅善写荒寒之意，且神韵绝佳。末句归到吊吴公战场。六代英雄，都被浪花淘尽，惟词客怜君耳。

送李中丞归汉阳别业

刘长卿

流落征南将，曾驱十万师。
罢归无旧业，老去恋明时。
独立三边静，轻生一剑知。
茫茫江汉上，日暮欲何之？

此诗为老将写照。功成身退，绝无怨尤，真廉耻之将，惜未详其名也。起句以咏叹出之，言今日江头野老，即昔之领十万横磨剑，拜征南上将者。三四句言半生戎马，不解治生，至归徒四壁，而恋阙之怀，老犹恳恳。五六句谓回首当年，曾雄镇三边，纤尘不动。以身许国之心，焉得逢人而语？惟龙泉知我耳。篇末言以锋镝之余生，向江潭而投老，不作送别慰藉语，而为之慨叹，盖深惜其才也。

饯别王十一南游　　刘长卿

望君烟水阔，挥手泪沾巾。
飞鸟没何处？青山空向人。
长江一帆远，落日五湖春。
谁见汀洲上，相思愁白蘋。

此诗与前所录二首，皆刘随州之作。一为登吴公台，临广武之战场，摩挲折戟；一为赠李中丞，惜蓝田之废将，太息藏弓；此则通首皆别友之意，觉离思深情，盎然纸上。同出一人手笔，各极其致。可见学诗者一题到手，必审题珠所在。非但各有面目，须各有精神，能发挥尽致，而藻不妄抒，方是佳构也。诗为别后所作。首句即言遥望行人，已在烟水空濛之际。次句写别意。诗人送别，每用"泪"字。但知己之泪，未肯轻为人弹。此诗情谊深挚，挥手沾巾，当非泛语。三句言行人已至飞鸟没处，而犹为凝望，与东坡送子由诗"但见乌帽出复没"，同一至情。四句言别后更谁相伴，但有青山一抹，依依向人。曲终人远，江上峰青，宜怀抱难堪矣。五六句言友所往，由江而湖，愈行愈远。末谓送君者尚临崖未返，秋水花，对芳洲而伫立，此时愁思，见者无人，惟有溯流风而独写耳。

寻南溪常道士　　刘长卿

一路经行处，莓苔见屐痕。
白云依静渚，芳草闭闲门。
遇雨看松色，随山到水源。
溪花与禅意，相对亦忘言。

诗为寻道士而作。开首即说到“寻”字，山径苔痕，遍留屐齿，非定是道士之屐痕，已将“寻”字写足。三句言溪涧无人，白云凝然，若为之依留不去。见渚之静也。四句言岩扉长闭，碧草当门，有“绿满窗前草不除”之意。五六句言其所居在水源尽处，随山曲折而前，松阴雨后，苍翠欲滴。此时已至道观矣。七句花与禅本不相涉，而连合言之，便有妙悟。收句意谓朋友存临，但须会意；溪花相对，莫逆于心，宁在辞费耶？

淮上喜会梁州故人　　韦应物

江汉曾为客，相逢每醉还。
浮云一别后，流水十年间。
欢笑情如旧，萧疏鬓已斑。

何因不归去，淮上对秋山。

诗以言性情。唐贤最重友谊，于赠别寄怀，及喜晤故人之作，屡见篇章。叔牙知我，生平能有几人？宜其语长心郑重也。此诗言当日同客楚江，少年气盛，放歌纵酒，不醉无归，是何等豪气。乃浮云踪迹，各走东西，抡指光阴，瞬逾十载。叹羁泊之无常，讶年光之迅逝，句法于蕴藉中见悲凉之意。五六句谓重拾堕欢，虽笑语风情，不殊曩日，而须鬓加苍，谁识为当时两年少耶？末句意谓青紫被体，尚且不如还乡，何为留滞天涯，使淮上秋山，移文腾笑也。《三百首》所选五律，尚有李益、司空曙二诗，与此作意境格局皆相似。李诗：问姓惊初见，称名忆旧容。司空诗：乍见翻疑梦，相悲各问年。情文相生，与韦诗同一真挚，令人增朋友之重，知声利驰逐之场，无君子交也。作投赠诗者，贵有真意相感，乃见交情，勿徒工藻饰。

赋得暮雨送李曹　　韦应物

楚江微雨里，建业暮钟时。
漠漠帆来重，冥冥鸟去迟。
海门深不见，浦树远含滋。
相送情无限，沾襟比散丝。

诗用赋得体，唐人集中每见之，近代沿为应制诗定例。得某字五言八韵，即五言排律也。此诗以题为暮雨，前六句皆赋雨，惟末句送友，而以泪丝比雨丝，仍关合雨意。首二句，一嵌“雨”字，一嵌“暮”字，将诗题点明。三四言帆来鸟去，皆在雨中。以“重”字“迟”字，状雨之沾湿。以“漠漠”“冥冥”，描写雨中虚神。五六言远望海门，因雨而不见；近看浦树，因雨而含滋。收笔归到送李曹，泪点雨丝，同沾襟上，表无限别情也。

作诗如用重叠形况字，以酷肖而善体虚神为要。唐诗中如“无边落木萧萧下，不尽长江滚滚来”；“漠漠水田飞白鹭，阴阴夏木啭黄鹂”，因其流传习见，读者每随口滑过。其实所用叠字，精当不移。他若“落日亭亭向客低，烟渚沉沉浴鹭飞”，唐诗此类甚多，皆形况字之圭臬。《诗经》中“萧萧马鸣，悠悠旗旌”，“杨柳依依，雨雪霏霏”，已作先河之导矣。高达夫集中，有《赋得征马嘶送友赴朔方》诗云：征马向边州，萧萧嘶未休。思深长带别，声断为兼秋。歧路风将远，关山月共愁。赠君从此去，何日大刀头。与韦诗体格相似。韦诗因雨中送友，故赋得暮雨。高诗送友赴朔方，故赋得征马。皆于结句始说明送别。惟韦诗前六句皆赋“雨”字，高诗则中四句皆征马与送友，两面夹写，有手挥目送之妙。

阙题　　　　刘昚虚

道由白云尽，春与青溪长。
时有落花至，远随流水香。
闲门向山路，深柳读书堂。
幽影每白日，清辉照衣裳。

唐人阙之诗，或托兴，或寓言，意本翻空，事非征实，在读者默喻之。此诗写山居幽绝之境，佳处茅庵，令人神往。首句言道出云中，已在尘境之外。次言春到山中，溪流不断，有东坡罗汉赞“空山无人水流花开”之趣。三四妙语天成，十字可作一句读，如明珠走盘，圆转中仍一丝萦曳也。三句之落花，承上之“春”字。四句之流水，承上之“溪”字。可见诗律之细。五六言门外则山翠迎人，门内则柳阴摊卷。末谓长日闭门，惟有清辉照影，真觉山静如太古，此中读书者，何修而得此耶？此诗起结皆不用谐律，弥见古雅。初学效之，恐有举鼎绝膑之患，仍以谐音为妥帖。

送李端　　卢　纶

故关衰草遍，离别正堪悲。
路出寒云外，人归暮雪时。
少孤为客早，多难识君迟。
掩泣空相向，风尘何所期。

诗为乱离送友，满纸皆激楚之音。前四句言岁寒送别，念征途之迢递，值暮雪之纷飞，不过以平实之笔写之。后半篇沉郁激昂，为作者之特色。五句言孤露余生，少壮即饥驱远役。六句言四方多难，良友如君，相知恨晚。以“迟”“早”二字对举，各极其悲辛之致。末谓寒士穷途，差以自慰者，他年之希望耳。乃掩袂相看，风尘满目，并期望而无之，其言愈足悲矣。

喜外弟卢纶见宿　　司空曙

静夜四无邻，荒居旧业贫。
雨中黄叶树，灯下白头人。
以我独沉久，愧君相见频。
平生自有分，况是霍家亲。

前录卢纶诗，佳处在后半首。此诗佳处在前半首。一则以远别，故但有悲感；一则以见宿，故悲喜相乘。卢与司空，本外家兄弟，工力亦相敌也。前四句言静夜而在荒村，穷士而居陋室，已为人所难堪。而寒雨打窗，更兼落叶，孤灯照壁，空对白头。四句分八层，写足悲凉之境。后四句紧接上文，见喜之出于意外。言以我之独客沉沦，宜为世弃，而君犹存问，生平相契，况是旧姻，其乐可知矣。前半首写独处之悲，后言相逢之喜，反正相生，为律诗之一格。司空曙有《送人北归》诗云：世乱同南去，时清独北还。起笔即用此格，取开合之势，以振起全篇也。

没蕃故人　　　　张　籍

前年戍月支，城下没全师。
蕃汉断消息，死生长别离。
无人收废帐，归马识残旗。
欲祭疑君在，天涯哭此时。

诗为吊绝塞英灵而作，苍凉沉痛，一篇哀诔文也。前四句言城下防胡，故人战殁，虽确耗无闻，而传言已覆全师，恐成长别。五六言列沙场之废帐，寂无行人，恋落日之残旗，但余归马，写出次句覆军惨状。末句言欲招楚酹之魂，而未见崤函之骨，犹存九死一生之想。迨终成绝望，莽莽天涯，但有一恸。此诗可谓一死一生，乃见交情也。

草　　白居易

离离原上草，一岁一枯荣。
野火烧不尽，春风吹又生。
远芳侵古道，晴翠接荒城。
又送王孙去，萋萋满别情。

此诗借草取喻，虚实兼写。起句实赋“草”字。三四承上荣枯而言。唐人咏物，每有仅于末句见本意者，此作亦同之。但诵此诗者，皆以为喻小人去之不尽，如草之滋蔓。作者正有此意，亦未可知。然取喻本无确定，以为喻世道，则治乱循环；以为喻天心，则贞元起伏。虽严寒盛雪，而春意已萌，见智见仁，无所不可。一篇锦瑟，在笺者会意耳。五六句古道荒城，言草所丛生之地。远芳晴翠，写草之状态。而以“侵”字“接”字，绘其虚神，善于体物，琢句尤工。末句由草关合人事。远送王孙，与南浦春来，同一魂消黯黯。作咏物诗者，宜知所取格矣。

秋日赴阙题潼关驿楼　　许　浑

红叶晚萧萧，长亭酒一瓢。
残云归太华，疏雨过中条。
树色随关迥，河声入海遥。
帝乡明日到，犹自梦渔樵。

凡作客途风景诗者，山川形势，最宜明了，笔气能包埽一切，而句法复雄宕高超，斯为上乘。许诗其佳选也。开篇从秋日说起，若仙人跨鹤，翩然自空而降。首句即押韵，神味尤隽。三四句皆潼关左右之名山，太华在关西，中条在关东，皆数百里而近。残云挟雨，自东而西，应过中条而归太华。地望固确，诗句弥工。五句以雍州为积高之壤，入关以后，迤逦而登，故树色亦随关而迥。余曾在风陵渡河，望潼关树色，高入云中，深叹其"迥"字之妙。六句言大河横亘关前，浩浩黄流，遥通沧海，表里山河之险，涌现毫端。以上皆纪客途风景，篇终始言赴阙。觚棱在望，而故乡回首，犹梦渔樵，知其荣利之淡也。温庭筠亦有《潼关》诗云：十里晓鸡关树暗，一行寒雁陇云愁。与此作同工。非特饶有韵味，且晓鸡句用鸡鸣度关事，运典入化，可为学诗之炳烛。

蝉　　　　李商隐

本以高难饱，徒劳恨费声。
五更疏欲断，一树碧无情。
薄宦梗犹泛，故园芜已平。
烦君最相警，我亦举家清。

此与骆宾王咏蝉，各有寓意。骆感钟仪之幽禁，李伤原宪之清贫，皆极工妙。起联即与蝉合写，谓调高和寡，臣朔应饥，开口向人，徒劳词费，我与蝉同一慨也。三四言长夜孤吟，而举世无人相赏，若蝉之五更声断，而无情碧树，仍若漠漠无知。悲辛之意，托以俊逸之词，耐人吟讽。五六专说已事，言宦游无定，而故里已荒。末句仍与蝉合写，言烦君警告，我本举室耐贫，自安义命，不让君之独鸣高洁也。学作诗者，读宾王咏蝉，当惊为绝调，及见玉溪诗，则异曲同工。可见同此一题，尚有余义。若以他题咏物，深思善体，不患无着手处也。

送人东游　　　　温庭筠

荒戍落黄叶，浩然离故关。

高风汉阳渡，初日郢门山。
江上几人在，天涯孤棹远。
何当重相见，樽酒慰离颜。

此等发端，情景兼写，调高而韵逸，最为得势。三四雄健而高浑。五言中用地名而兼风景者，下三字皆实字，上二字以风景衬之，此类甚多。但上二字须切当有意义，而非凑合乃佳。此三句用高风，以汉阳为江汉合流处，急浪排空，天风浩荡，故以高风状之，见江天壮阔也。四句用初日，以江干行客，每清晓扬帆，而江上看山，以晓色为尤佳，旭日照之，青紫百态，故自汉江望郢门山色，以初日状之。后四句迎刃而下。如题之量，其精彩在前四句也。

唐诗中用地名三字者甚多。王维之“高鸟长淮水，平芜故郢城”，以高鸟写长淮之阔远，以平芜写郢城之坱莽，诗格与飞卿同。若李白之“檐飞宛溪水，窗落敬亭云”；岑参之“弓抱关西月，旗翻渭北风”，其用意在第二字之虚写。杜甫之“松柏邛山路，风花白帝城”，全句皆用实字，而上句言故里，下句言客居，虽实写而各有寓意。他若近人之“孤舟清颍尾，疏雨寿春山”；“夜火秦邮驿，长堤邵伯湖”，则以所经之地，所见之景，连合写之，虽未用虚字见意，句法亦自浑成。姑举数联，为初学取法。

楚江怀古　　马　戴

露气寒光集，微阳下楚邱。
猿啼洞庭树，人在木兰舟。
广泽生明月，苍山夹乱流。
云中君不见，竟夕自悲秋。

唐人五律，多高华雄厚之作。此诗以清微婉约出之，如仙人乘莲叶轻舟，凌波而下也。首二句言楚邱凝望，正残阳欲下之时，露点未浓，露气已集，写出薄暮嫩凉天气。三四句绝无雕琢，纯出自然，风致独绝，而伤秋怀远之思，自在言外。读者当于虚处会其微意也。五六言因水阔故明月早生，因山多故乱流夹泻，乃楚江所见之景。收句说明怀古意，借云中君以托想，谓其恋阙怀人，亦无不可也。

灞上秋居　　马　戴

灞原风雨定，晚见雁行频。
落叶他乡树，寒灯独夜人。
空园白露滴，孤壁野僧邻。

寄卧郊扉久，何年致此身。

此诗纯写闭门寥落之感。首句即言灞原风雨，秋气可悲。迨雨过而见雁行不断，惟其无聊，久望长天，故雁飞频见。明人诗所谓“不是关山万里客，那识此声能断肠”也。三四言落叶而在他乡，寒灯而在独夜，愈见凄寂之况。与“乱山残雪夜，孤烛异乡人”之句相似。凡用两层夹写法，则气厚而力透，不仅用之写客感也。五句言露滴似闻微响，以见其园之空寂。六句言为邻仅有野僧，以见其壁之孤峙。末句言士不遇本意，叹期望之虚悬，岂诗人例合穷耶？

书边事　　张　乔

调角断清秋，征人倚戍楼。
春风对青冢，白日落梁州。
大漠无兵阻，穷边有客游。
蕃情如此水，长愿向南流。

此诗高视阔步而出，一气直书，而仍有顿挫，亦高格之一也。前半首言正秋寒绝塞，角声横断之时，登戍楼而凭眺。近望则阴山之麓，明妃香冢，青草依然；远望则白日西沉，云天低尽处，约略是甘凉大野。五六乃转笔，写登楼之客，因大漠销兵，行人无阻，乃能作出塞壮游。末句愿蕃人向化，如水向南流，与“不作边城将，谁知恩遇深”同一诗人忠爱之思。

孤雁　　崔涂

几行归塞尽，念尔独何之。
暮雨相呼失，寒塘欲下迟。
渚云低暗度，关月冷相随。
未必逢矰缴，孤飞自可疑。

通篇皆实赋孤雁。首二句言雁行归尽，念此天空独雁，怅怅何之？以首句衬出次句，乃借宾定主之法。三四言暮雨苍茫，相呼失侣，将欲寒塘投宿，而孤踪自怯，几度迟徊。二句皆替雁着想，如庄周之以身化蝶，故入情入理。犹咏鸳鸯之“暂分烟岛犹回首，只渡寒塘亦并飞”替鸳鸯着想，皆妙入毫颠也。五六言相随者惟渚云关月，见只影之无依。末句谓未必遽逢弋者，而独往易生疑惧。客子畏人，咏雁亦以自喻。此诗乃赋而兼比者也。三四句即以表面而论，三句言其失群之由，四句言失群仓皇之态，亦复佳绝。

春宫怨　　杜荀鹤

早被婵娟误，欲妆临镜慵。
承恩不在貌，教妾若为容。
风暖鸟声碎，日高花影重。
年年越溪女，相忆采芙蓉。

题面纯为宫怨而作。首言早擅倾城之貌，自赏翻以自误，寸心灰尽，临明镜而多慵。三四谓粉黛三千，谁为丽质，而争宠取怜者，各工其术，则已之膏沐，宁用施耶？五六赋“春”字，五句言天寒鸟声多噤，至风暖则细碎而多。六句言朝辉夕照之时，花多侧影，至日当亭午，则骈枝叠叶，花影重重。用“碎”字“重”字，固见体物之工，更见宫女无聊，借春光以自遣。故鸟声花影，体会入微。末句忆当年女伴，搴芳水次，何等萧闲。遥望若耶溪上，如笼鸟之羡翔云，池鱼之思纵壑也。此诗虽为宫人写怨，哀窈窕而感贤才，作者亦以自况。失意文人，望君门如万里，与寂寞宫花同其幽怨已。

章台夜思　　　　韦　庄

清瑟怨遥夜，绕弦风雨哀。
孤灯闻楚角，残月下章台。
芳草已云暮，故人殊未来。
乡书不可寄，秋雁又南回。

五律中有高唱入云，风华掩映，而见意不多者，韦诗其上选也。前半首借清瑟以写怀，泠泠二十五弦，每一发声，若凄风苦雨，绕弦杂遝而来。况残月孤灯，益以角声悲奏，楚江行客，其何以堪胜。诵此四句，如闻雍门之琴，桓伊之笛也。下半首言草木变衰，所思不见，雁行空过，天远书沉。与李白之“鸿雁几时到，江湖秋水多”相似，皆一片空灵，含情无际。初学宜知此诗之佳处，前半在神韵悠长，后半在笔势老健。如笔力尚弱，而强学之，则宽廓无当矣。

寻陆鸿渐不遇　　　　皎　然

移家虽带郭，野径入桑麻。
近种篱边菊，秋来未著花。
叩门无犬吠，欲去问西家。

报道山中去，归来每日斜。

此诗晓畅，无待浅说。四十字振笔写成，清空如话。唐人五律，间有此格，李白《牛渚夜泊》诗亦然。作诗者于声律对偶之余，偶效为之，以畅其气，如五侯鲭馔，杂以蔬笋烹芼，别有隽味，若多作则流于空滑。况李白诗之英气盖世，此诗之潇洒出尘，有在章句外者，非务为高调也。

诗境浅说乙编

五言摘句

天远疑无树，潮平似不流。　　（韦承庆）

诗写江天之景。上句言在江干空阔处，临江丛树，远望仅一线绿痕，如浮天际，几等于无。与“天边树若荠”句相似。盖稍远则如荠，极远则如无树矣。下句言水皆顺流入海，惟海潮涨时，上游之水，为潮所敌，故凝然似不流也。

野含时雨润，山杂夏云多。　　（宋之问）

上句言野田得应时之好雨，多少适匀，恰合润意，且以“含”字状润泽之久留，与“麦天晨气润”皆善用“润”字。下句言夏令则山气腾发，重叠出云，故夏云多奇峰。用一“杂”字，见云山错峙，状夏云之多。余尝于六月登太行南天门，望天表白云，与群岫参差竞出，叹此句之工也。

相逢传旅食，临别换征衣。　（张　说）

张燕公贬岳州，道遇高六，班荆话旧。此二句言高之推食解衣，深情若是。迨燕公还朝，高已谢世。其末句云“往来皆此路，生死不同归”，令人增马策州门之感。

日照虹霓似，天清风雨闻。　（张九龄）

诗咏庐山瀑布，以健笔写奇景，有声有色，如在云屏九叠之前，与太白之“海风吹不断，江月照还空”同极工妙。张在日中观瀑，故言日光与水气相射发，五色宣明，如长虹之悬空际。李诗在月下观之，故言皓月与银练之光，浑成一白，荡入空明。二诗皆用“风”字，张诗状瀑声之壮，虽当晴霁，若风雨破空而来；李诗状瀑势之劲，虽浩浩长风，仍凌虚直泻。诵此二诗，知“一条界破青山色”七字，未足尽瀑布之奇也。

雪晴山脊见，沙浅浪痕交。　（陶　翰）

江行习见之景，一经道出，加以烹炼，便成佳句，所谓“云山经用始鲜明”也。大雪封山，至晴霁而山脊渐露。若在雪初止时，则如东坡诗：试向北台看马耳，未随埋没有双尖。未露山脊，仅见山尖。次句谓江水涨落不定，浅沙侵啮，时有浪痕，故以“交”字状之。近人诗：可奈离愁似溪水，旧痕才退又新痕。惟新痕与旧痕重叠，故浪痕交错也。

白云回望合，青霭入看无。（王　维）

此右丞咏终南山而作，真能写出名山胜概。余曾游秦晋楚蜀，每见名山乔岳，长被云封，偶于云隙见青峰，俄顷已漫漫一白。尝在汾河望霍泰，在华阴望西岳，但见浓青霭霭，迥异凡山。及逼近山樊，则万仞削立，青霭全消。右丞诗“合”字“无”字，洵善状名山。若吴越山川清远，不易睹云霭之奇也。

山中一夜雨，树杪百重泉。（王　维）

律诗中之联语，用流水句者甚多。此诗非特句法活泼，且事本相因。惟盛雨竟夕，故山泉百道争飞。凡泉流多傍山麓，此言树杪，见雨之盛山之高也。与刘虚之“时有落花至，远随流水香”句，皆一事融合而分二句，妙语天成，流水句法之正则也。

草枯鹰眼疾，雪尽马蹄轻。（王　维）

上句言草枯则狐兔难藏，故鹰眼俯瞰，霍如掣电。用一“疾”字，有拿云下攫之势。下句言雪消纵辔，所向无前。与“风入四蹄轻”句，皆用“轻”字以状马之神骏。他若“花落马蹄香”句，同咏马蹄，一写射猎之英风，一写春游之逸趣也。此诗首句“风劲角弓鸣，将军猎渭城”，用反装法，便突兀有势。结句“回看射雕处，千里暮云平”，句法亦如猎者之反射，尚有余劲也。

夕阳连雨足，空翠落庭阴。　（孟浩然）

夏日每晴雨同时，诗人所常咏。此诗上句与杜审言之“日气含残雨”造句皆工。孟诗用“连”字“足”字，因盛雨已过，仅余雨足，故残雨斜阳，在长空连合。杜诗用“气”字“含”字，言日气犹含雨气，尚未放晴。皆善写晴雨同时之态。下句承上雨过而言，与“树摇余滴乳斜阳”句同意，但此乃实写，孟诗虚写耳。襄阳有道中诗云：天开斜景遍，山出晚云低。写晚晴风景如画。

夜久潮侵岸，天寒月近城。　（常　建）

诗为泊舟盱眙而作。深夜潮来，盈盈拍岸，惟舟中人先觉。与卢纶之“舟人夜语觉潮生”句，皆敏枕水窗之情况。次句言天寒则蒙霭全消，况城外野望空明，看月似去城更近，与孟浩然之“江清月近人”句相似。曰天寒，曰江清，皆以地气肃降，故月色近人。秋月明逾春月，即此故也。

自怜无旧业，不敢耻微官。（岑　参）

此嘉州初授官之作。沉沉僚底，慰情胜无，失意文人，齐声一叹。嘉州有《送友作尉》云：不择南州尉，高堂有老亲。毛义孝思，较为贫而仕，尤为慨切。与王禹偁诗“亲老不择禄”同意，殆有合于小雅怨悱之旨乎？

槛外低秦岭，窗中小渭川。（岑　参）

登高之作，须写其大者远者。此诗秦岭渭川，皆归一览。余尝登凤岭吴涪王祠，秦地诸山，若拱揖于阑前。登万寿阁，望西北渭河如带，明灭于林阴野色间，知此诗“低”字“小”字之能尽其胜概也。唐诗远眺之作甚多，如杜审言之“楚山横地出，汉水接天回”，与岑诗意境同而句法不同。王维之“窗中三楚小，林外九江平”，稍嫌夸泛，以三楚不能尽见也。

竹深喧暮鸟，花缺露春山。（岑　参）

嘉州诗笔壮健，此诗独闲雅多姿。南方多竹处，日暮则栖雀争枝，千群喧噪。诗用“喧”字，较“竹喧归浣女”之喧声，更为真切。凡诗中用“露”字，如“点点露数岫”，“松际露微月”，“寒塘露酒旗”之类，皆有韵致。岑之花缺句，尤为秀俊，以之入画，绝好之惠崇江南春也。

碓喧春涧满，梯倚绿桑斜。　（储光羲）

诗写田舍风景，其前二句云：一径入寒竹，小桥穿野花。迤逦至山村深处，乃闻水碓声。用“喧”字“满”字，较岑参之“山碓水能春”，烹炼为工。余行栈道，见村民多跨溪架屋，借水力转轮，以舂米麦，白雪翻飞，晴雷互答，为溪山增趣。下句言采桑，忆舟行江浙间，桑畦弥望，当朝阳初上，露气未干，儿女青红，登梯采叶，时闻剪刀声出烟霭间，储诗雅能状之。

涧水流年月，山云变古今。　（储光羲）

此诗不事藻饰，寄慨遥深，诗品中之超于象外者。上句有逝者如斯之感，下句与“白云千载空悠悠”同其遐想。少陵之“玉垒浮云变古今”，不相袭而意境同之。李玉溪诗“岁月行如此，江湖思渺然”，与此诗皆能于寥寥十字中，写苍茫独立之思。

莫将和氏泪，滴着老莱衣。　　（殷　遥）

诗以言性情，此等诗最能动人天性。殷诗起句云：君此卜行日，高堂应梦归。意谓君虽下第而归，堂上方倚闾啮指，决不以归人失意，减其慈爱。勿效和氏之抱玉而泣，以伤亲心，失舞彩娱亲之意。是真能赠人以言者。余曾五次下第，游子远归，重堂抚慰有加，下喜极沾巾之泪。垂老诵此诗，与《蓼莪》同感也。

江月随人影，山花趁马蹄。　　（张　谓）

此为送友之作。山程水驿，行客之常，入能者之手，便托想空灵，语有隽味，可为学诗者前导。上言江船所至，月影长随，水程所经也。下句言杂花盈路，借马足而生香，山程所经也。结句云：离魂将别梦，先已到关西。则山花江月，皆在送行者想象之中。其交谊深挚如是。

林藏初过雨，风退欲归潮。　　（祖　咏）

此类写景句，佳处在炼字。林中可藏雨，而初过之雨，余湿尚留，则藏之可久。风力可退潮，而欲归之潮，涨势已衰，则退之尤易。非仅“藏”“退”二字之确，且言之有故，作写景诗之炳烛也。

边月随弓影，胡霜拂剑花。　　（李　白）

此太白《塞下曲》中句也。弓形如月，剑气如霜，恰好霜月与弓剑合写，以“随”字“拂”字连合之。曰边月，曰胡霜，见弓剑为出塞所用，可谓面面俱到。李塞下诸篇，其起结皆迥绝恒蹊，如前半首云：五月天山雪，无花只有寒。笛中闻折柳，春色未曾看。劲气直达，有黄河入海之势。其结句云：功成画麟阁，独有霍嫖姚。见贵戚专功，行间夺气。与《宫词》之结句“只愁歌舞散，化作彩云飞”，言宫闱纵乐，国步将危，皆慨乎其言也。

陶令辞彭泽，梁鸿入会稽。　　（李　白）

诗有讲气格而不在琢句者。此太白《赠卢征君》之起句也，其次联云：我寻高士传，君与古人齐。四句纯以气行，与“青山横北郭”诗，格调相同。四句皆作对语，而不碍其浩瀚之气。若“五月天山雪”及“牛渚西江夜”二诗，则皆作散行，气盛言宜，无施不可也。

树深时见鹿，溪午不闻钟。　　（李　白）

此诗起句云：犬吠水声中，桃花带雨浓。乃太白《访戴道士不遇》诗也。诗言山桃盛放，春雨初过，流水涓涓，四无人语。犬乃闻足音而吠，见地之幽丽而静也。三句谓鹿本畏人，而深林时见鹿踪，空山鹿友，等鱼鸟之忘机。四句言寺中例打午钟，至溪午而钟声寂寂，道士必云深不知处矣。摩诘《过香积寺》诗：深山何处钟。见寺之远也。此并午钟不闻，见寺之静也。李诗逸气凌云，此作幽秀类王孟，才大者数枝才笔，能以一手持之。

山从人面起，云傍马头生。　（李　白）

蜀中之栈道峡江，雄奇甲海内，惟李杜椽笔足以举之。李诗上句，言拔地高峰，忽当人而立，见山之奇也。万山环合，处处生云，马前数尺，即不辨径途，见云之近也。杜陵诗云：入天犹石色，穿水忽云根。言仰望若峰势已接天空，而更上犹有石色，见山之高也；俯视不见山足，但见云根深插水中，见山之削也。以雄奇之笔，状雄奇之景，是足凌驾有唐矣。

浮云连海岱，平野入青徐。　（杜　甫）

此少陵登兖州城楼而作。上句以齐鲁之境，东尽于海，岱岳在兖州之南，百里而遥，则望东北浮云，当连海岱。下句以兖州当齐鲁山脉垂尽处，其南则原田千里，坱圠无垠，故云平野入青徐也。凡作登临怀古诗者，必山川之脉络形便，了如聚米，乃可著笔。因杜诗偶忆后贤所作，姑举二联，以告初学。李沧溟咏太行山云：千盘拔河内，一折走辽东。盖太行自河内起脉，自南而北而东，历尽燕晋之郊，乃折走出关，而趋辽左也。顾亭林《济南》诗：西来水窦缘王屋，南去山根接岱宗。以济水自王屋发源，伏流经历下，故云水窦。其次句以济南诸山皆南境岱宗余脉，故云山根南去。比类纪之，告学者勿率尔操觚也。

所向无空阔，真堪托死生。　（杜　甫）

诗有纯用虚写，而精湛卓立，由其义深而词达，故力透纸背也。此少陵咏胡马诗，上句言所向千群辟易，有日行万里之概，无空阔可以限之。下句言与人一心，生死不负。善咏名马，亦可为名将写照也。此诗三四句云：竹批双耳峻，风入四蹄轻。一言马态之雄，一言马行之迅。惟三四句实写而整齐，故五六句虚写而流动，诗律之细也。

暗水流花径，春星带草堂。　（杜　甫）

此少陵《夜宴左氏庄》诗。时当月落，所闻者暗水溅溅，穿流花径；所见者春星历历，映带草堂。皆咏庄中夜游之景。其五六句云：检书烧烛短，看剑引杯长。言检书时久，故烛烧渐短；看剑兴豪，故杯引弥长。皆咏庄中夜叙之事。短长对岸，恰合事情。杜诗雄伟，此作独静细，诗随境异，各有所宜也。

水落鱼龙夜，山空鸟鼠秋。
无风云出塞，不夜月临关。（杜　甫）

少陵秦州诗，佳句甚多。独举此二联者，因注杜诗诸家，谓鱼龙川、鸟鼠山、无风塞、不夜城皆在秦地，其说诚然，作诗者未必不用此名；但少陵驱使群籍，运典入化，乃少陵特长。此二联虚实兼到，非专用地名。特加浅说，以告读杜诗者。鱼龙二句，谓水落而鱼龙当静夜之时，山空而鸟鼠值深秋之候。“夜”与“秋”字皆实用也。鱼龙句谓鱼龙遇水涨而嬉游，乃鱼龙之昼；因水落而潜伏，乃鱼龙之夜。鸟鼠句谓秦州当兵后，山野都荒，等于秋山之空寂。“夜”与“秋”字皆虚用也。无风句，承上“莽莽万重山，孤城山谷间”而来，谓城在万山深处，长日生云，且地临塞北，即无风而云亦飞扬出塞，言塞之近也。不夜句，谓城踞山头，不夜先能见月。近水楼台，尚先得月，何况山巅。言城之高也。此四句虽皆实有其地，但少陵运以诗意，融化而出之，句复倜傥，非沾沾于地名。读者以为何如?

抱叶寒蝉静，归山独鸟迟。　　（杜　甫）

《秦州杂诗》中，此二句亦意景兼到。以景言，则承第二句“川原欲夜时”而来，因欲夜故蝉静鸟归。以意言，盖谓世方多难，朝士皆噤若寒蝉，己之以寒士抱志而隐，亦犹寒蝉之抱叶而静也。下句谓干戈未息，孤客天涯，欲归家而不得，犹独鸟欲归山而迟回。惟其寄慨之深，故接句言万方一概，吾道何之。若泛言暮景，于吾道万方何涉耶？

随风潜入夜，润物细无声。　　（杜　甫）

应时好雨，不在倾注而在透润。诗所谓“益之以霡霂”也。他若春雨如膏，小雨如酥，皆言好雨之润细。此诗上句言雨之将至，则随风潜入。既降，则润物无声。可谓体物入微。若玉溪咏细雨之“气凉先动竹，点细未开萍”，笔力稍弱。柳宗元咏梅雨之“素衣今尽化，非为帝京尘”，伤迁谪而念君恩，别有寓意也。

水流心不竞，云在意俱迟。　　（杜　甫）

此与摩诘之“行到水穷处，坐看云起时”相似。王诗得纯任自然之乐，杜诗悟物我两忘之境，皆一片化机。上句谓逝水如斯，逐今古年光而去，尘世万缘，皆被此声消尽。对此则区区争竞之心，从何着起？下句谓片云荡漾天空，引我心至寥廓无垠之表，云与我皆如如不动，若有意，若无意，可默喻而难宣，姑以“迟”字状之。摩诘诗：但去莫复问，白云无尽期。李颀诗：万物我何有，白云空自幽。意皆相似。

筑场怜蚁穴，拾穗许村童。　　（杜　甫）

此二语虽属琐事，而仁民爱物之心，蔼然言外。其《示吾宗》诗云：在家常早起，忧国愿年丰。语似平淡，而一为修身之本，一为治国之本。布衣契稷，不仅以诗史称也。

荒庭垂橘柚，古屋画龙蛇。　　（杜　甫）

孙莘老谓此二句“点染禹事，说固有征”。但少陵因禹庙所见，适与古合，遂运化入诗，乃其能事。若未栽橘柚，未绘龙蛇，决不因用禹事，而虚构此景，与秦州诗鱼龙鸟鼠句相类。学诗运用古事，当以此为法。

云气生虚壁，江声走白沙。　　（杜　甫）

虚壁易生云气，不独蜀山。如黄山多洞穴，故以云海著称；华山多深崖大壑，夏令云起山坳，顷刻弥漫百里。山僧曾为余言之。杜诗诚善绘云山也。下句言江与沙本皆寂静，江为沙阻，两静相遇而动生，遂浩浩荡荡而下。江走沙上，声所由生。此二句用“虚”字“走”字，遂写景逼真矣。

猱玃须髯古，蛟龙窟宅尊。　（杜　甫）

蜀山猱玃多寿，须髯飘拂，出没森林。杜以“古”字状之。余曾见金线猴，毛长尺许，闪闪作金色，知其老不知其年，可谓古矣。蜀江深险，如夔峡等，垂绳数十丈尚不及底，蛟龙所宅。行舟者虞心懔栗，江神祠宇，祈祷必虔。杜以“尊”字状之，与三四句之“入天犹石色，穿水忽云根”皆注全力于句中虚字，画龙点睛，遂全身鳞甲生动矣。

不辨风尘色，安知天地心。　（张　巡）

此《睢阳闻笛》诗也。上句言兵气满天，风尘莫辨，义易明了。下句言贼势猖狂，殆天地尚未厌乱，以身许国，安问天心。义烈之气，诵之声满大宅。沈归愚评此句，引宋贤语，谓伯夷叔齐，欲与天意违拗。以夷齐拟睢阳，似有未允。即以评诗论，亦求深转晦矣。

古墓樵人识，前朝楚水流。　（刘长卿）

此文房《经漂母墓》诗也。以淮阴之英烈，江南有韩信将台，山右有韩侯岭，传声千载，宜也。漂母一村媪耳，受恩者惟淮阴，而抔土荒原，樵人犹识，同时楚汉英豪，湮灭者不知凡几。名之传与不传，殆有定数，何事强求。作者未必亦有此意，然观其楚水前朝句，垓下之歌，钟室之狱，皆归泡影，惟无情楚水，今古悠悠，若寄慨无穷者，则其对漂母孤茔，殆与余有同感耶？

一叶兼萤度，孤云带雁来。　　（钱　起）

写新秋夜景，与白乐天之“残暑蝉催尽，新秋雁带来”相似，诵之如凉生衣袂间。若严维之“柳塘春水漫，花坞夕阳迟”，便觉风物骀荡。于良史之“风兼残雪起，河带断冰流”，若有寒意侵人。学诗者会其微意，则四时佳兴，可随处得好句也。

渚烟空翠合，滩月碎光流。　　（皇甫冉）

此诗起句云：暝色赴春愁，归人南渡头。翩然自空而下，秀采动人。其三句咏渚烟，以水光澄静，兼暮霭迷濛，混成一碧，故目为空翠，而以“合”字融洽之。四句咏滩光，以溪滩层节而下，碎石密布滩底，水石互激，无一处平波，故得月皆成细碎之光。曰空翠，曰碎光，能写出虚处妙景也。

家贫童仆慢，官罢友朋疏。　　（耿　沣）

此慨世情凉薄而发，虽阅透人心，而语太说尽，不如戴叔伦“客久见人心”五字，语极蕴藉。戴有“如何百年内，不见一人闲”句，如空山老衲，深坐白云，阅尽众生扰扰也。

万影皆因月，千声各为秋。　　（刘方平）

月与秋皆诗中习用，此从空际着想，包举众有。以之取譬，人事万般结果，皆由一心之种因，犹万影皆由一月也。世之挥霍事功，驰逐声利者，各望其大欲而趋，犹千声各鸣其秋也。有感偶书，览者勿嗤其附会。

晴虹桥影落，秋雁橹声来。　　（常非月）

以虹喻桥，诗人常用，以橹声喻雁较少。夜静秋高，云天流响，觉身在秋江也。厉樊榭诗“昏黄庭院橹声来”即本此诗。庭院岂容舟楫？误听雁啼咿哑，若橹声近在庭中，可为用古而不袭古之法。常有《赠容娘》诗，结句云：不知心大小，容得许多怜。六朝隽语也。

况与故人别，那堪羁旅愁。　（韩　愈）

此昌黎《祖席》诗也。其起句云：淮南悲木落，而我亦伤秋。英词浩气，抗手杜陵。其有用词藻者，如“暖风抽宿麦，清雨卷归旗”，亦复俊采动人。诗至元和，体多轻浅。昌黎矫以健笔，全集中无一弱语，以诗论，亦足起当代之衰也。

以闲为岁月，将寿补蹉跎　（刘禹锡）

诗以持志，不仅工月露之词。其上句意谓草草劳人，年光易逝，惟闲居安命，岁月似为加长。名场利薮，世之耐寂寞者，能有几人？皆未喻闲之乐也。下句谓学无止境，少壮不努力，老大徒伤悲。然遵假年学易之训，天畀余年，正使补从前之荒陋。文房其耄而好学者耶？

行客欲投宿，主人犹未归。　（张　籍）

寻常语脱口而出，句法生峭，与僧皎然“移家虽带郭”诗，同一寻人不遇。一则通首不作对语，此则括以十字，各具标格。此等句，宋人恒有之，如山肴野蔌，淡而有味。学之者须笔有清劲气，非仅白描也。

空将未归意，说向欲行人。　（周　贺）

客中送客，同出而不同归，诵之惘然。较司空曙之“世乱同南去，时清独北还”，尤为入情。韩魏公论画，贵在逼真，此诗写人人意中所有，可谓逼真矣。

石梁高泻月，樵路细侵云。　　（李商隐）

此诗与岑参之“涧水吞樵路，山花醉药阑”皆写山景工细之句。岑诗言涧之漫浸樵路，以“吞”字状之；花之斜倚石阑，以“醉”字状之。李诗言石梁之水，高若建瓴，挟月光而直泻；仰望樵路，细如一线，上欲侵云。其着力全在字眼，不仅作山景诗宜取法之。

鸡声茅店月，人迹板桥霜。　　（温庭筠）

飞卿此诗，流传万口，本无庸摘录。但为初学告，则此二句，乃晓行绝妙之词。句中不着一虚字，而旅行之辛苦，客思之苍凉，自在言外。读者须知其诗味也。

孤云与归鸟，千里片时间。　　（马　戴）

此其《晚眺》之起句也。其三四云：念我何曾滞，辞家久未还。笔势超拔，在晚唐诗中，可称杰出。诗有作意，而能以气运之，律诗之枕中秘也。

野人闲种树，树老野人前。　　（马　戴）

起笔得势，诗意与句法俱佳。忆近人咏古松云：山僧指树为余说，树老根深有岁年。亲见野鸦衔子入，养成槐树又参天。与马诗用意略同，诗亦流转自然，因附录之，见意同诗异，各有其思路也。

欲将寒涧树，卖与翠楼人。　　（于武陵）

草木有本心，何求美人折，于诗寄慨深矣。寒松与翠楼，格不相入。卖松者但为己谋，不为松谅，作者故赠诗警之。松本寒柯，勿羡翠楼之豪侈，而易地托根；翠楼中人，宜谅其山野之性，勿强入朱门，以辱岁寒之操。意有枨触，偶书数语，亦以告作诗者，欲有寄托，宜师其婉而多讽也。

禹力不到处，河声流向西。　　（周　朴）

此大朴《题董岭水》之次联也。语因迥不犹人，而过于生拗，究非正轨。周自爱此二句，其实此诗首联云：吾家安吉县，门与白云齐。格高而句新，较禹力句为佳。有文士骑驴过其侧，知周爱此句，特朗吟曰：河声流向东。周直追数里，告以河流向西，非向东也。闻者笑之。此与“独行潭底影，数息树边身”句，吟至三年而始成。唐人之嗜诗成癖如是。

出门无至友，动即到君家。　（李咸用）

诵此诗想见挚友过从之乐。李又有“见后却无语，别来长独愁”句，则言其思友之深。郑谷之《乱后途中忆友》云：乱离知又甚，安稳到家无？烽火长途，怀人更切。刘绮庄之“故人从此去，远望不胜愁”句，淡淡着笔，而离情无际。循讽诸篇，知朋友之交，本为彝伦所重。若征逐趋走者，虽百辈亦等于无。高适《赠友》诗所谓“世上谩相识，此翁殊不然”，只可谓之相识，不得谓之友也。

古宫闲地少，水港小桥多。　（杜荀鹤）

户藏烟浦，家具画船，江南之擅胜也。诗言其烟户之盛，桥港之多。余生长吴趋，诵之如身在鹂坊鹤市间。忆近人句云：屐齿声喧沽酒市，波光红映过桥灯。写江乡景物如绘。作旅行诗者，能掩卷若身临其地，便是佳诗。

字人无异术，至论不如清。　（杜荀鹤）

诗为作牧令者下顶门一针，较岑参之“此乡多宝玉，慎勿厌清贫”，尤为简赅。官箴而兼友道，不仅赠行诗也。

山色四时碧，溪光十里清。　　（王贞白）

此《咏钓台》之起句也，虽系平写，而下联云：严陵爱此景，下视汉公卿。笔力遒健，且写出子陵身份，可谓此题杰作。觉“子陵有钓台，光武无寸土”句，犹着议论也。

香中别有韵，清极不知寒。　　（崔道融）

咏梅诗伙矣，推“疏影横斜水清浅，暗香浮动月黄昏”为绝唱。此诗不着色相，而上句写梅之香韵，次句写梅之品格，足高压百花矣。齐己之“前村风雪里，昨夜一枝开”，虽意境稍狭，而微吟淡写，雅称癯仙，他卉不能移易，亦称高咏。原句“昨夜数枝开”，许丁卯改为“一”字，称为一字师。学者解“一”字之胜于“数”字，可与言诗矣。

昔年家塾课童稚学诗，先作五字对以开其思路。盖五律之起结，固与中联并重，而中联用对仗，须炼字运典，尤为学诗之初步。余作甲编，仅就通行三百首中五律释之。而唐人诗如陟昆冈，无非美玉，乃取五言名句摘录数十联，其起结句之可师法者亦附录之，以告生徒。若欲深造博览，则各家专集具在，可择所喜者而从也。阶青识。

诗境浅说丙编

黄鹤楼

崔　颢

昔人已乘黄鹤去，此地空余黄鹤楼。
黄鹤一去不复返，白云千载空悠悠。
晴川历历汉阳树，芳草萋萋鹦鹉洲。
日暮乡关何处是？烟波江上使人愁。

此诗向推绝唱，而未言其故，读者欲索其佳处而无从。评此诗者，谓其意得象先，神行语外，崔诗诚足当之。然读者仍未喻其妙也。余谓其佳处有二：七律能一气旋转者，五律已难，七律尤难；大历以后，能手无多，崔诗飘然不群，若仙人行空，趾不履地，足以抗衡李杜。其佳处在格高而意超也。黄鹤楼与岳阳楼，并踞江湖之胜。杜少陵、孟襄阳《登岳阳楼》诗，皆就江湖壮阔发挥。黄鹤楼当江汉之交，水天浩荡，登临者每易从此着想。设崔亦专咏江景，未必能出杜孟范围。而崔独从“黄鹤楼”三字着想，首二句点明题字，言鹤去楼空。乍观之，若平直铺叙。其意若谓仙人跨鹤，事属虚无，不欲质言之。故三句紧接黄鹤已去，本无重来之望，犹《长恨歌》言入地升天，茫茫不见也。楼以仙得名，仙去楼空，余者惟天际白云，悠悠千载耳。谓其望云思仙固可，谓其因仙不可知，而对此苍茫，百端交集，尤觉有无穷之感，不仅切定“黄鹤楼”三字着笔，其佳处在托想之空灵，寄情之高远也。通篇以虚处既已说尽，五六句自当实写楼中所见，而以恋阙怀乡之意，总结全篇。犹“岳阳楼”二诗，前半首皆实写，故后半首皆虚写，虚实相生。五七言同此律法也。

与此诗格调相同者，沈佺期《龙池篇》云：龙池跃龙龙已飞，龙德先天天不违。池开天汉分黄道，龙向天门入紫微。邸第楼台多气色，君王凫雁有光辉。为报寰中百川水，来朝此地莫东归。李白《鹦鹉洲》云：鹦鹉来过吴江上，江水洲传鹦鹉名。鹦鹉西飞陇山去，芳洲之树何青青。烟开兰叶香风暖，岸夹桃花锦浪生。迁客此时徒极目，长洲孤月向谁明？沈诗前四句专咏龙池，李诗前四句专咏鹦鹉，皆一气直书，皆于后四句写诗意，与崔诗同调也。后人登黄鹤楼者，因崔颢而不敢题诗。乾隆时黄仲则，自负清才，有句云：坐来云我共悠悠。为时传诵。亦好在托想空灵，就崔之白云悠悠句，加以“我”字，遂用古入化，然不能越崔之诗境外也。

古意　　沈佺期

卢家少妇郁金香，海燕双栖玳瑁梁。
九月寒砧催木叶，十年征戍忆辽阳。
白狼河北音书断，丹凤城南秋夜长。
谁为含愁独不见，更教明月照流黄。

诗从古乐府脱化，首句言生小华贵，深居兰室，在郁金苏合香中。次言于归后倡随，若栖梁之双燕。三四用逆挽句法，征人辽海，荏苒十年，况木叶秋深，西风砧杵，寒衣待寄，益增离索之思。五句盼雁书而不到，承上征戍而言。六句感鱼钥之宵长，承上九月而言。收句言独处含愁，更堪明月凄清，来照流黄机上，且有“只容明月，照我幽居”之意，与“春风不相识，何事入罗帷”同其贞静也。

奉和圣制从蓬莱向兴庆阁道中留春雨中春望之作应制

王　维

渭水自萦秦塞曲，黄山旧绕汉宫斜。
銮舆迥出千门柳，阁道回看上苑花。
云里帝城双凤阙，雨中春树万人家。
为乘阳气行时令，不是宸游玩物华。

应制之诗，以庄丽而颂不忘规为合格。右丞此作，后四句尤佳。首句渭水黄山，言唐宫所在。三言驾自蓬莱宫出巡，四言在兴庆阁道中回望苑花，皆叙题中之事。五言觚棱双阙，高入云霄，状宫殿之尊崇。六言烟树万家，俱沾春雨，见邦畿之富庶。写景恢宏，句复工秀。结句言乘时布政，不为春游，立言得体。吴梅村《行围应制》诗：不向围中逢大雪，无因知道外边寒。与此同意。

赐百官樱桃

王　维

芙蓉阙下会千官，紫禁朱樱出上阑。
才自寝园春荐后，非关御苑鸟衔残。
归鞍竞带青丝笼，中使频倾赤玉盘。

饱食不须愁内热，大官还有蔗浆寒。

咏樱桃者，以摩诘及少陵《野人赠樱桃》诗为最。王诗注重承赐，处处皆纪恩泽之隆。杜诗注重又见樱桃，处处皆见怀旧之切。王诗首言百官见召之由，三四言荐新甫毕，即赐臣僚，见敬礼之有加。五六句言先赐者已归鞍携去，后至者仍络绎倾盘，见沾赐之普遍。末句言更有蔗浆，恩意可云优渥矣。少陵诗云：西蜀樱桃也自红，野人相赠满筠笼。几回细写愁仍破，万颗匀圆讶许同。忆昨赐沾门下省，退朝擎出大明宫。金盘玉箸无消息，此日尝新任转蓬。首句即言明重见樱桃。三句用“仍”字，四句用“同”字，皆承首句而来，而尚是虚写。五六句追忆官门拜赐，摩诘诗中之承平盛事，少陵曾躬遇之。于家国沧桑之后，多情野老，犹赠朱樱，当年玉箸金盘，真不堪追忆也。

敕借岐王九成宫避暑应教　　王　维

帝子远辞丹凤阙，天书遥借翠微宫。
隔窗云雾生衣上，卷幔山泉入镜中。
林下水声喧语笑，岩前树色隐房栊。
仙家未必能胜此，何事吹箫向碧空。

首句言岐王退朝，敕许借九成宫避暑，纪本事也。中四句言宫中台榭，皆在泉声山色中。林花迎剑佩之光，钗钿耀烟云之色，真上界之清都，故收句云无事求仙也。明皇有《游暑图》，绘妃嫔仪卫之盛，山水游观之乐，穷极工丽。余曾访唐宫遗迹，在温泉试浴。虽宫阙烟消，而山光滴翠，逼衣袂而生凉；水气蒸云，拍阑干而欲上，犹想见当时之胜。羡右丞诗之幔卷山泉，风传笑语，亲见其盛也。

送魏万之京　　李　颀

朝闻游子唱离歌，昨夜微霜初渡河。
鸿雁不堪愁里听，云山况是客中过。
关城曙色催寒近，御苑砧声向晚多。
莫是长安行乐处，空令岁月易蹉跎。

李诗在明代嘉隆时，多奉为圭臬。虽才力稍弱，而安详和雅，自是正音。此诗首二句平衍而已，三四句叙客况。句中以“不堪”“况是”四字相呼应，遂见生动，与“江客不堪频北望，塞鸿何事亦南飞”同一句法。六句之向晚砧多，承五句关城寒近而来。收句谓此去长安，当以功名自奋，勿以游乐自荒，绕朝赠策，犹有古风。

杜侍御送贡物戏赠　　张谓

铜柱朱崖道路难，伏波横海旧登坛。
越人自贡珊瑚树，汉使何劳獬豸冠。
疲马山中愁日晚，孤舟江上畏春寒。
由来此货称难得，多恐君王不忍看。

杜侍御以霜台峻秩，奉使南疆。赠行者当述使节之辉光，山川之伟丽。张独一扫浮词，全篇皆以规劝立言，诗笔复音铿而词秀，唐人集中，稀有之作也。起笔即言道路之难，勋标铜柱，惟有伏波。三四句言能远人向化，自贡奇琛，如越裳之驯雉北飞，肃慎之风牛南偃，何事远劳汉使。五六句承首句道路难而言，山程则臣马愁疲，水驿则孤舟生畏，况万里求珍，为仁君所不忍，非文德怀柔之意。张诗诚词婉而义正也。

九日宴蓝田崔氏庄　　杜甫

老去悲秋强自宽，兴来今日尽君欢。
羞将短发还吹帽，笑倩旁人为正冠。
蓝水远从千涧落，玉山高并两峰寒。

明年此会知谁健，醉把茱萸仔细看。

杜陵以伤乱余生，逢场排闷。崔庄小集，所谓客中得酒，半衔悲喜也。通首如神龙拿空，首尾相应。开篇即言悲秋之士，强为君欢，已将本意说明。中联之短发自羞，承上悲秋之句，笑倩正冠，承上尽欢之句，而以落帽事点缀登高佳节。蓝水玉山二句，乃崔庄本地风光，随笔写来，句法自臻高浑。篇终慨浮生之难料，把茱萸而细看。盛会不常，良朋可恋，老去强欢之意，溢于言外，不觉叹息弥襟矣。

曲江对雨　　　　杜　甫

城上春云覆苑墙，江亭晚色静年芳。
林花着雨燕脂湿，水荇牵风翠带长。
龙武新军深驻辇，芙蓉别殿谩焚香。
何时诏此金钱会，暂醉佳人锦瑟旁。

安史乱后长安棋局一新，少陵故国平居，新君当宁，而追念故君，有难言之感。曲江重到，仅能以低徊蕴藉之词，追想开元盛事耳。首句谓缭垣过雨，春静江亭，隐寓“晚来风起花如雪，飞入宫墙不见人”之慨。三四写江亭寂静之景，虽林花水荇，雨后增妍，而生翠嫣红，无人留赏。五六句言上皇曾率龙武禁军，自夹城趋芙蓉园，极笳鼓旌麾之盛。今驰道依然，仅余废辇，殿门深锁，谁爇炉香。少陵有“青春波浪芙蓉园，白日雷霆夹城仗”句，即此意也。结句谓当日承天门赐宴，掷盈路之金钱，列教坊之歌伎，翠袖承花，朱弦按曲，君臣同醉，为乐未央。诗言何时更奉诏者，明知逝水之难回，姑盼恩波之重沐，亦可伤矣。

南邻　　杜　甫

锦里先生乌角巾，园收芋粟未全贫。
惯看宾客儿童喜，得食阶除鸟雀驯。
秋水才添四五尺，野航恰受两三人。
白沙翠竹江村暮，相送柴门月色新。

先生不知何许人，与少陵为友，其人正复不俗。首句言角巾飘然，见其服之雅也。次言芋粟亦资生计，见其能耐清贫也。三句写其家庭之雍霭。四句写其心术之仁慈。五六言秋水到门，才高几尺，小舟系岸，恰受数人，预为拿舟送客之用。末谓邻友深谈，不觉流连至晚，满江月色，始泛艇而归。高情雅致，具见于诗矣。杜诗三用“受”字：轻燕受风斜，修竹不受暑，与野航恰受句，皆善用“受”字。

宾至　　杜　甫

幽栖地僻经过少，老病人扶再拜难。
岂有文章惊海内，漫劳车马驻江干。
竟日淹留佳客坐，百年粗粝腐儒餐。
不嫌野外无供给，乘兴还来醉药阑。

此诗与“舍南舍北皆春水”诗，同一宾客至，而舍南诗脱略形迹，索诸厨而竟无兼味，谋于妇而只有旧醅，更招邻叟，以尽余欢，极写清贫之风趣。此诗当是高轩枉顾。首句即言老病村民，恕难再拜。三四句虽系谦词，实以文章耆宿，隐然自负。五六句谓竟日清谈，而腐儒相饷者，仍无兼味，不因佳客而盛其供张。末句意谓布衣老大，固可长揖公卿，但杯盘草草，恐侮宾慢贤，故望其野外重来，以尽地主之谊。合《客至》《宾至》两诗观之，少陵交友，于无谄无骄之义，两得之矣。

登高　　杜　甫

风急天高猿啸哀，渚清沙白鸟飞回。
无边落木萧萧下，不尽长江滚滚来。

万里悲秋常作客，百年多病独登台。
艰难苦恨繁霜鬓，潦倒新停浊酒杯。

七律为格调所拘，欲寓神明于矩镬，殊非易事。惟少陵才大，变化从心，如公孙舞剑，极纵横动荡之致，七律而同于七古之排奡也。起结皆用对句，一提便起，一勒便住，忘其为对偶。首句于对仗中兼用韵，分之有六层意，合之则写其登高纵目，若秋声万种，排空杂遝而来。中四句，风利不得泊，有一泻千里之势，纯以气行，而意自见。五六句亦分六层意，而以融合出之。末句感时伤老，虽佳节开筵，而停杯不御，极写其潦倒之怀也。与“即从巴峡穿巫峡，便下襄阳向洛阳”诗，格调相同。若仿其用对句作收笔，而结束无力，则无异颈腹二联矣。

明妃村　　杜　甫

群山万壑赴荆门，生长明妃尚有村。
一去紫台连朔漠，独留青冢向黄昏。
画图省识春风面，环佩空归夜月魂。
千载琵琶作胡语，分明怨恨曲中论。

咏明妃诗多矣，沈归愚推此诗为绝唱，以能包举其生平，而以苍凉激楚出之也。首句咏荆门之地势，用一“赴”字，沉着有力。次句谓如此山水名邦，而清淑之气，独钟于女子，至今江头行客，犹说遗村。寰中艳迹，可与西子苎萝村千秋争美矣。三四谓一去胡沙，愈行愈远，而芳魂恋阙，墓门草色长青，表明妃之志也。五六谓汉帝仅于画中一见，悔莫能追，环佩空归，安得更承恩泽，哀明妃之遇也。收句谓汉家宫阙，久已烟消，即埋玉荒丘，亦长沦边徼。其遗音感人者，幸有马上琵琶，流传旧乐，掩抑冰弦，如诉出绝塞飘零之苦，差足为明妃写怨矣。

诸将　　杜　甫

回首扶桑铜柱标，冥冥氛祲未全消。
越裳翡翠无消息，南海明珠久寂寥。
殊锡曾为大司马，总戎皆插侍中貂。
炎风朔雪天王地，只在忠良翊圣朝。

少陵《诸将》五首皆感怀时事，反复咏叹，所谓言者无罪，闻者足戒。此诗悲情壮采，尤为警动，可谓诗史矣。首二句言勿谓炎荒之地，绥定为难，但看铜柱标勋，当日伏波横海，曾建奇功，何以至今氛祲尚未消耶？三四谓化外越裳，固无翡翠，即境中南海，谁贡明珠？五六谓环顾廷臣，司马则登坛节钺，侍中则上服金貂，邀殊锡而冀总戎者，接踵于朝。乃求官而逢硕鼠，御将而得饥鹰，可为长太息矣。时方回纥窥边，故末句因炎风扇海，而兼及朔雪防秋，听鼓鼙而思将帅，有望于方召之忠良也。

古城　　刘长卿

孤城上与白云齐，万古萧条楚水西。
官舍已空秋草没，女墙犹在夜乌啼。
平沙渺渺迷人远，落日亭亭向客低。
飞鸟不知陵谷变，朝来暮去弋阳溪。

盛唐之诗人怀古，多沉雄之作，至随州而秀雅生姿，殆风会所趋耶。此诗首句总写古城之景。次句总写萧条之态。三四承次句，实写其萧条。昔之官舍，衣锦排衙，今则秋原草没；昔之女墙，严城拥雉，今则夜月乌啼。五六亦承次句，虚写其萧条。极目平沙，更无人迹，惟有向人斜日，伴凭高游客，少驻余光。末句谓一片荒城，消沉多少人物，而飞鸟无情，依旧嬉翔朝暮。鸟而有知，其亦如令威之化鹤归耶？登临览胜者，每当夕阳在野，易发思古之幽情。如近人《金陵》诗云：芳草久荒邀笛步，夕阳还上胜棋楼。《南阳》诗云：疆里久荒申伯国，夕阳谁问汉家营。《秦州》诗云：鹿场零雨迷周道，雁影斜阳没汉宫。皆有对此苍茫之叹，因录长卿落日句，偶忆及之。后之览者，其有同感乎？

自巩洛舟行入黄河寄友　　韦应物

夹水苍山路向东，东南山豁大河通。
寒树依微远天外，夕阳明灭乱流中。
孤村几岁临伊岸，一雁初晴下朔风。
为报洛桥游宦侣，扁舟不系与心同。

前六句纯写道中所见。首二句言自巩洛东来，两岸青山，孤帆一片，至东南山脉断处，前亘大河。自山重水复中来，睹浩瀚黄流，天垂大野，心目开朗。用一“豁”字，殊为确当。三句凡江湖空阔处，每于天末见远树浮烟。黄仲则诗：瓜步江空微有树。亦即此意。四句以黄河浪涌，起伏不定，故夕阳照之，时明时灭，与皇甫冉之“滩月碎光流”，其景不同，其理同也。三句在画中远景，尚能以笔墨写之，四句天然妙景，为画工所不到。五句言河畔荒沙，居民稀少，惟伊川岸侧，尚有孤村。六句言秋晴始见雁飞，与“灞原风雨定，晚见雁行频”

同意。结句归到寄友，言东来随处寄泊，己之委心任运，亦同不系之舟。常建诗“一身为轻舟”同此意也。

寄李儋元锡　　韦应物

去年花里逢君别，今日花开又一年。
世事茫茫难自料，春愁黯黯独成眠。
身多疾病思田里，邑有流亡愧俸钱。
闻道欲来相问讯，西楼望月几回圆。

首二句，凡怀人者，皆有此意，作者淡淡写出，而怀友感时，深情无限。三四句以阅世既深，万事无久而不变者，无可预料，料亦徒然，惟有春愁黯黯，攲枕独眠，付诸炊粱梦境耳。五句言以身许国，宁敢鸣高，无如老病侵寻，归田外更无长策。六句凡居官者，廉洁已称难能，韦则因邑有流亡，并应得之俸钱，亦觉受之有愧，非特廉吏，且蔼然仁人之言矣。收句登楼望月，仍言怀友之意，首尾相应，亦淡淡写之，韦诗之本色也。

自苏台至望亭驿，人家尽空，春物增思，怅然有作，寄从弟

李嘉祐

南浦菰蒲覆白蘋，东吴黎庶逐黄巾。
野棠自发空临水，江燕初归不见人。
远树依依如送客，平田漠漠独伤春。
那堪回首长洲苑，烽火年年报虏尘。

此诗纪乱后荒凉之状。首句言白覆水，南浦春寒，纪泊舟之地也。次句言黄巾虽去，黎庶凋伤，纪当时之事也。三句言临水野棠，当春自发，则田畴之荒废可知。四句言江燕归来，更无栖处，则人家之寥落可知。宋元嘉兵燹后，归燕巢于林木。乱离景象，今古同之。五六句言平田极目，远树犹存，乃写题中怅然之意。末句言旧苑长洲，虏尘未息，当日繁华，不堪回首矣。近人黎孝廉庶焘《还家》诗云：乱后归来百感生，凄寒回首旧柴荆。田园荡尽成今昔，戚里飘零半死生。燕掠虚堂寻故主，牛依残垒事春耕。孤儿一掬松楸泪，洒向东风荞麦青。伤乱余生，与李诗同其激楚。诗本性情，无论欢娱愁苦之言，能真切动人，便为佳咏也。

晚次鄂州　　卢　纶

云开远见汉阳城，犹是孤帆一日程。
估客昼眠知浪静，舟人夜语觉潮生。
三湘愁鬓逢秋色，万里归心对月明。
旧业已随征战尽，更堪江上鼓鼙声。

作客途诗，起笔须切合所在之境，而能领起全篇，乃为合作。此诗前半首尤佳。其起句言江天浩莽，已远见汉阳城郭，而江阔帆迟，尚费行程竟日。情景真切，句法亦纡徐有致。三句言浪平舟稳，估客高眠。凡在湍急处行舟，篙橹声终日不绝。惟江上扬帆，但闻船唇啮浪，吞吐作声，四无人语，水窗倚枕，不觉寐之酣也。四句言野岸维舟，夜静闻舟人相唤，加缆扣舷，众声杂作，不问而知为夜潮来矣。诵此二句，宛若身在江船容与之中。可见诗贵天然，不在专工雕琢。五六句言客子思乡，湘南留滞。结句言三径全荒，而鼙鼓秋高，犹闻战伐，客怀弥可伤矣。

夏夜宿表兄话旧　　窦叔向

夜合花开香满庭，夜深微雨醉初醒。

远书珍重何由达，旧事凄凉不可听。
去日儿童皆长大，昔年亲友半凋零。
明朝又是孤舟别，愁见河桥酒幔青。

此诗平易近人，初学皆能领解。录此诗者，以其一片天真，最易感动，中年以上者，人人意中所有也。开篇言微雨生凉，花香满院，密亲话旧，薄醉初醒，此乐正不易得。三句言往日郑重寄书，而关河修阻，天远书沉。四句言酒后纵谈往事，其拂意者，固触绪多悲，即快足之事，俯仰亦为陈迹，总之皆凄凉不可听耳。五六言此草草数十年中，不觉光阴水逝，迨握手重逢，当日之婴娩已成丁壮，而老成半就凋零，则吾辈之崦嵫暮景可知。收句言情话方长，而骊歌已唱，真觉风雨西楼，酒醒人远矣。此诗与五律中戴叔伦之“天秋月又满”诗，李益之“十年离乱后”诗，司空曙之“故人江海别”诗，皆亲友唱酬，情文兼至之作。唐人于此类诗最为擅场，不失风人敦厚之旨也。

寻隐者韦九　　朱湾

寻得仙源访隐沦，渐来深处渐无尘。
初行竹里惟通马，直到花间始见人。

四面云山谁作主，数家烟火自为邻。
路旁樵客何须问，朝市如今不是秦。

诗为访隐士而作，故以写幽深之境，得天然之趣为主。首二句言访山中高士，去城市渐远，觉尘氛一扫，呼吸都清。三句言韦九所居，在修竹林中，窄径仅能通马，已觉其深；迨进叩花间之户，始见有人，其幽深可想。五句谓四面云山，若终日供其吟赏，其实初非己有，所谓明月清风，取无禁而用不竭，非主而亦主矣。六句谓隐居初不藉邻，但远近只此数家烟火，同在山中，衡门相望，非邻而亦邻矣。此二句能写出纯任自然之趣。收笔谓朝市承平，韦乃天性高蹈，非为避秦而遁，所谓盛世之巢由也。

左迁至蓝关示侄孙湘　　韩　愈

一封朝奏九重天，夕贬潮阳路八千。
欲为圣朝除弊事，肯将衰朽惜残年。
云横秦岭家何在，雪拥蓝关马不前。
知汝远来应有意，好收吾骨瘴江边。

昌黎文章气节，震烁有唐。即以此诗论，义烈之气，掷地有声，唐贤集中所绝无仅有也。前半首谓朝上书而夕贬窜，明知批鳞盛怒，折槛难回，而不欲留弊政为圣朝之累。衰朽余年，生死且不顾，宁恤左迁。然忠义本于人情，回顾身家，焉得绝无凄怆。故五句言秦岭云横，家人何处；六句言蓝关雪满，马尚不前，何况迁客。与吴汉槎之“马后桃花马前雪，出关争得不回头”同一逐臣去国之悲。但志决身歼，百挫无悔，故末句谓瘴江收骨，绝无怨尤。高义英词，可薄云天而铭金石矣。

登柳州城楼寄漳汀封连四州刺史　　柳宗元

城上高楼接大荒，海天愁思正茫茫。
惊风乱飐芙蓉水，密雨斜侵薜荔墙。
岭树重遮千里目，江流曲似九回肠。
共来百越文身地，犹自音书滞一乡。

唐代韩柳齐名，皆遭屏逐。昌黎蓝关诗见忠愤之气，子厚柳州诗多哀怨之音。起笔音节高亮，登高四顾，有苍茫百感之概。三四言临水芙蓉，覆墙薜荔，本有天然之态，乃密雨惊风，横加侵袭，致嫣红生翠，全失其度。以风雨喻谗人之高张，以薜荔芙蓉喻贤人之摈斥，犹楚辞之以兰蕙喻君子，以雷雨喻摧残，寄慨遥深，不仅写登城所见也。五六言岭树云遮，所思不见，临江迟客，肠转车轮，恋阙怀人之意，殆兼有之。收句归到寄诸友本意。言同在瘴乡，已伤谪宦，况音书不达，雁渺鱼沉，愈悲孤寂矣。

长安晓望　　司空曙

迢递山河拥帝京，参差宫殿接云平。
风吹晓漏经长乐，柳带晴烟出禁城。
天净笙歌临路发，日高车马隔尘行。
独有浅才甘未达，多惭名在鲁诸生。

通首皆赋长安之壮丽繁华，而已则负才不遇，有“冠盖满京华，斯人独憔悴”之感。首句言河山表里，拱卫王畿，写长安之大概也。次句言珠宫玉殿，上与云齐，写宫阙之壮伟也。三四言遥瞻长乐禁城，帘远堂高，君门万里，所得见闻者，惟隐隐风传晓漏，依依柳带晴烟耳。五六言长安贵人仪从嬉游之盛，每值风和云净，时闻夹道笙歌，高车驷马，驰骋九衢，而已则望尘莫及，惟有庾扇自遮。末句言身虽未显，在诸生中亦夙负才，自惭实自伤也。

西塞山怀古　　刘禹锡

王濬楼船下益州，金陵王气黯然收。
千寻铁锁沉江底，一片降幡出石头。
人世几回伤往事，山形依旧枕寒流。
从今四海为家日，故垒萧萧芦荻秋。

梦得与元微之、韦楚客、白乐天同赋此题。梦得诗先成，乐天览之曰：四人共探骊龙，君已得珠，余皆鳞爪矣。遂罢唱。此诗乍观之，前半首不过言平吴事，后半首不过抚今追昔之意。诗诚佳矣，何以元白高才，皆敛手回席？梦得必有过人之处。评此诗者，谓其起二句如黄鹄高举，见天地方圆，三四句见长江地利之不足恃。所评诚是。然此诗所以推为绝唱，未有发明之者。余谓刘诗与崔颢《黄鹤楼》诗异曲同工。崔诗从黄鹤仙人着想，前四句皆言仙人乘鹤事，一气贯注。刘诗从西塞山铁锁横江着想，前四句皆言王濬平吴事，亦一气贯注。非但切定本题，且七律能四句专咏一事，而劲气直达者，在盛唐时，沈佺期龙池篇，李太白鹦鹉篇外，罕有能手，梦得独能方美前贤。故乐天有骊珠之叹也。五六句之用意，崔以题为“黄鹤楼”，故实写楼中所见；刘以题为“西塞山怀古”，故表明怀古之意。藻不妄抒，刘与崔亦同。此二句韵致殊隽，与孟浩然《登岘首山》诗同工。且六句用一“枕”字，以东西梁山，夹江对锁，山形平卧而非突兀，“枕”字颇能有之。其末句用意，崔则言登望而思乡国，刘则言承平不用防江，皆别出一意，以收束全篇。余故谓崔刘二诗其佳处同，其格调亦同，所以推为绝唱也。

始闻秋风　　刘禹锡

昔看黄菊与君别，今听玄蝉我却回。
五夜飕飗枕前觉，一年形状镜中来。
马思边草拳毛动，雕盼青云倦眼开。
天地肃清堪四望，为君扶病上高台。

大历以后之诗，格调则秀雅为多，词句则雕镌是尚，去盛唐浑厚之风渐远。梦得此作，振笔挥洒，英气勃发，不作寻常悲秋之语，法乳直接少陵。诗中“君”字，论者谓未详所指，有谓其悼亡者。诗咏骏马健雕，与悼亡无涉。有谓其怀友者。唐人赠友诗夥矣，其姓名皆见标题，若梦得闻秋风而思友，亦不能外此例，而仅言“始闻秋风”者，余谓两用“君”字，即指秋风而言。对明月而称交友，抚修竹而呼此君，君者对己而言，各适其用也。首二句言篱菊黄时，已秋暮冬初，曾与君别。今蝉声送暑，君至我回，真觉一年容易。三四即承上感时之意。三句言寂寞清宵，枕前先觉。欧阳《秋声赋》亦因夜读而作，以静夜声凄，感人最易也。四句言因惊秋而揽镜，叹须鬓之加苍，不仅观河面皱之嗟，且与少陵“勋业频看镜”句同深慷慨。故五六紧接以马思边草，雕盼青云，隐然有久蛰思起之怀。五六句论其诗意，固以揽辔陈情，自写抱负，即以诗句论，亦殊雄健。马闻秋风，而拳毛森动，与少陵《咏天马》诗“秋草遍山，苍茫迥立”，同其昂奋。六句言雕以秋高，思搏风直上。草枯眼疾，正雕鹗争先得路之时。此二句虽写秋风感物，而实正喻夹写也。收句谓秋气清肃，荡涤尘嚣，即衰病之身，且为君登台，一舒沉郁，亦与少陵之悲秋作客，多病登台，同此襟期磊落。余故谓此诗神似浣花也。

酬乐天席上见赠　　刘禹锡

巴山楚水凄凉地，二十余年弃置身。
怀旧空吟闻笛赋，到乡翻似烂柯人。
沉舟侧畔千帆过，病树前头万木春。
今日听君歌一曲，暂将杯酒长精神。

梦得此诗，虽秋士多悲，而悟彻菀枯，能知此旨，终身无不平之鸣矣。首二句言楚客凄凉，多年放逐，自述其身世也。三句言岁华淹忽，耆旧凋零，当年同调，皆山阳笛里之人。四句言故乡重到，城郭犹是，人民已非，如王质持烂斧归来。二句皆怀旧之思也。五六久推名句，谓自安义命，勿羡他人。试看沉舟病树，何等摧颓，若宇宙皆无情之物，而舟畔仍千帆竞发，树前仍万木争荣。造物非厚于千帆万木，而薄于沉舟病树，盖行所不得不行，止所不得不止，造物亦无如之何，深合蒙庄齐物之理矣。末句归到席上见赠，不言借酒浇愁，而言精神更长，所谓空肠得酒芒角出，绝不作颓丧语。与始闻秋风诗同其豪迈也。

与元八卜邻　　白居易

平生踪迹最相亲，欲隐墙东不为身。
明月好同三径夜，绿杨宜作两家春。
每因暂出犹思伴，岂得安居不择邻。
何独终身数相见，子孙长作隔墙人。

此诗论句法则层层推进，论交情则愈转愈深。在七律中此格甚少，词句亦流转而雅切也。首二句生平至友，独数君家，所以卜邻者，欲与吾友联踪叠迹，不仅为身谋也。三四言素月当天，绿杨拂地，虽佳景天然，只能独赏；今与卜邻，三径则清辉同照，两家则春色平分，其乐弥多。后人结邻诗，如吴企晋诗云：两岸人烟分市色，一溪灯火共书声。梅圣俞诗云：隔篱分井水，穿壁共灯光。徐铉诗云：井泉分地脉，砧杵同秋声。皆结邻之佳句，比类纪之，俾初学者知题同句异，各有思致也。后半首意极明畅，言暂出犹思，何况久住，更愿子孙芳邻永结。交情至此，深挚无伦矣。杜牧街西诗“名园相倚杏交花”，与绿杨句同妙，而工细过之。

马嵬

李商隐

海外徒闻更九州，他生未卜此生休。
空闻虎旅传宵柝，无复鸡人报晓筹。
此日六军同驻马，当时七夕笑牵牛。
如何四纪为天子，不及卢家有莫愁。

白乐天《长恨歌》言玄宗令道士远访杨妃事，玉溪亦云然。首句言杨妃遍求不见，瀛海之外，更有九州，虚传其说耳。次句言七夕之誓，愿世为夫妇，事属虚渺，而此生之恩爱已休。三四言虽率六军西幸，警卫犹严，而当年绛帻传筹，同梦听鸡之夜，不可复得。五六句非但驻马牵牛，以本事而成巧对，且用逆挽句法。颈联能用此法，最为活泼。温飞卿《咏苏武庙》诗：回日楼台非甲帐，去时冠剑是丁年。亦逆挽法也。末句言御宇多年之主，而掩面不能救一爱妃；莫愁虽民间夫妇，而蓬门相守，犹胜天家。为杨妃惜，亦以讥玄宗也。

重过圣女祠　　李商隐

白石岩扉碧藓滋，上清沦谪得归迟。
一春梦雨常飘瓦，尽日灵风不满旗。
萼绿华来无定所，杜兰香去未移时。
玉郎会此通仙籍，忆向天阶问紫芝。

作游仙诗者，多涉云思霞想。楚蜀之神女庙、小姑祠，虽皆托之遐想，尚有遗像流传。圣女以石形虚拟，初无其像。玉溪此篇，借以寓身世之感，起结皆表明其意，随园《落花》诗所谓“清华曾荷东皇宠，飘泊原非上帝心”也。首句言岩扉深掩，苔绣年深，见古祠之荒寂。次句言己亦上清仙史，而华鬘坠劫，留滞未归，为圣女所笑也。三句之梦雨，即微雨。言虽有梦雨，而不过飘瓦；虽有灵风，而常不满旗。则圣女之来，在若无若有之间。五六句以祠在武都悬崖之侧，石壁有妇人像，上赤下白，人称为圣女，以形似得名，非实有其神，故以萼绿华、杜兰香相拟，谓神来无定，若洛神之徙倚旁皇。因系重过圣女祠，故六句言昔年曾到此山，薜荔披衣，女萝萦带，若人在山阿，今日重游，觉兰香仙迹，去人未远也。收笔承第二句上清沦谪之意，言曾侍玉皇香案，采芝往事，长忆天阶。全篇皆空灵缥缈之词，极才人之能事矣。

隋宫　　李商隐

紫泉宫殿锁烟霞，欲取芜城作帝家。
玉玺不缘归日角，锦帆应是到天涯。
于今腐草无萤火，终古垂杨有暮鸦。
地下若逢陈后主，岂宜重问后庭花？

凡作咏古诗，专咏一事，通篇固宜用本事，而须活泼出之，结句更须有意，乃为佳构。玉溪之《马嵬》《隋宫》二诗，皆运古入化，最宜取法。首句总写隋宫之景。次句言芜城之地，何足控制宇内，而欲取作帝家。言外若讥其无识也。三四言天心所眷，若不归日角龙颜之唐王，则锦帆游荡，当不知其所止。五六言于今腐草江山，更谁取流萤十斛；怅望长堤，惟有流水栖鸦，带垂杨萧瑟耳。萤火垂杨，即用隋宫往事，而以感叹出之，句法复摇曳多姿。末句言亡国之悲，陈隋一例，与后主九泉相见，当同伤宗稷之沦亡，玉树荒嬉，岂宜重问耶！

重有感　　李商隐

玉帐牙旗得上游，安危须共主君忧。
窦融表已来关右，陶侃军宜次石头。
岂有蛟龙愁失水，更无鹰隼击高秋。
昼号夜哭兼幽显，早晚星关雪涕收。

此诗纪甘露之变，唐宗魁柄下移，为中官所制，故第五句有蛟龙失水之喻。玉溪之外舅，为泾原节度使王茂元，拥强兵坐镇，地踞上游，故盼其起兵勤王，一清君侧。起二句之牙旗玉帐，与主分忧，四句之陶侃军兴，六句之鹰隼奋击，结句之雪涕收关，皆对茂元而发，深盼其能赴国难也。时昭义节度使刘从谏慷慨上书，三句以窦融进表拟之，借勗茂元，冀其袍泽同仇。七句言己之昼夜呼号，当幽显神人所共鉴，效包胥之哭秦庭，祈茂元之一听。此为感事之诗，必证以事实，始能明其意义，不仅研求句法。即以诗格论，玉溪生平瓣香杜陵，其忠愤荡之气，溢于楮墨，雅近杜陵也。

赠别前蔚州契苾使君　　李商隐

何年部落到阴陵，三世勤王国史称。
夜卷牙旗千帐雪，朝飞羽骑一河冰。
蕃儿襁负来青冢，狄女壶浆出白登。
日晚鹏鹈泉畔猎，路人遥识郅都鹰。

此诗赠漠南归诚之部落，壮健而得体，雅与题称。首句言朔方雄族，久驻阴陵。次句言其祖以外酋向化，为唐初功臣，世笃忠贞之裔，久著勋名。三四言千帐雪飞，牙旗夜肃，长河冻合，怒马朝腾，见天时之严寒，而不减军容之壮盛。五六言蕃儿狄女，皆襁负壶浆而至，见使君招来绥辑之功。结句言其骑射之精，行猎兼以习武，郅都鹰健，路人遥识名藩。收笔之余劲，犹能穿札也。

井络　　李商隐

井络天彭一掌中，漫夸天设剑为峰。
阵图东聚夔江石，边柝西悬雪岭松。
堪叹故君成杜宇，可能先主是真龙。
将来为报奸雄辈，莫向金牛访旧踪。

巴蜀为天府之国，足以闭关自守。乘时崛起者，都窃踞称雄。故玉溪此篇，深致戒焉。首句井络天彭，言分野之广大；次句剑峰天险，言地利之难恃，皆举全蜀而言。三四承次句而分言之。三句谓阵图石转，带白盐赤甲之雄，纪东川之险也。四句谓雪岭秋高，扼邛笮康之隘，纪西川之险也。后半首承上而言。如此天险，宜可金汤永固矣，而霸图已渺，空留杜宇之魂，炎井重窥，未竟飞龙之业。自昔英豪辈出，尚且偏霸无成，则后来之公孙跃马，刘辟称戈，亦当鉴于往事，而其雄心，勿慕秦王之遣力士开山，再访金牛遗迹矣。

泪

李商隐

永巷长年怨绮罗，离情终日思风波。
湘江竹上痕无限，岘首碑前洒几多。
人去紫台秋入塞，兵残楚帐夜闻歌。
朝来灞水桥边过，未抵青袍送玉珂。

诗题只一“泪”字，而实为送别而作，其本意于末句见之。前六句列举古人挥泪之由，句各一事，不相连续，而结句以“未抵”二字结束全篇，七律中创格也。首二句以韵语而作对语，一言宫怨之泪，一言离人之泪。三句言抚湘江之斑竹，思故君之泪也。四句言读岘首之残碑，怀遗爱之泪也。五六句言白草黄云，送明妃之远嫁；名姬骏马，悲项羽之夭亡。家国苍凉，同声一恸，儿女英雄之泪也。末句言灞桥送别，挥手沾巾，纵聚千古伤心人之泪，未抵青袍之湿透。玉溪所送者何人，乃悲深若是耶？

过陈琳墓　　温庭筠

曾于青史见遗文，今日飘蓬过此坟。
词客有灵应识我，霸才无主始怜君。
石麟埋没藏春草，铜雀荒凉对暮云。
莫怪临风倍惆怅，愿将书剑学从军。

飞卿生不逢时，过陈琳墓而藉鸣其抑郁。首二句谓余生也晚，仅于青史中见君遗文，而深向往。今日适以飘泊他乡，过荒凉之墓，其感想何如耶？三句谓九地无知，则同归冥漠，若词客有灵，则如我者，身世之相同，意气之相感，君应识我矣。四句谓袁绍非霸才，不堪为主。为君怜，亦自怜也。五六句用转笔，谓勿悲冢上石麟，已深埋春草，即以魏武一世之雄，亦不能保其铜雀荒台，但余漳水无情，暮云深锁，其消沉无异于君也。结句言己之临风惆怅者，将以飘零书剑之身，投笔从军，以功名自奋。世无人知，异代萧条，惟有向墓门而一诉耳。

和友溪居别业　　温庭筠

积润初消碧草新，凤阳晴日带雕轮。
风吹弱柳平桥晚，雪点寒梅小院春。
屏上楼台陈后主，镜中金翠李夫人。
花房透露红珠落，蛱蝶双飞护粉尘。

此诗弱柳寒梅句，不事锤炼，而风致如画，为写景之秀句。五六句言陈后主之楼台，李夫人之金翠，极人间之美丽矣，而于屏上镜中见之，可望而不可即。色即是空，本无诸相，丽句而兼妙悟也。但中四句专用字面，而不用语意相贯，大陆才多，偶为之固无不可，句亦殊佳；乃其起结，亦用词藻，而少意义，似未尽美。录此诗者，因诗以情文相生为贵，以八叉之才，尚不免文胜于情。学者观此，知不宜以涂泽为工也。

赠知音　　温庭筠

翠羽花冠碧树鸡，未明先向短墙啼。

窗间谢女青蛾敛，门外萧郎白马嘶。
残曙微星当户没，淡烟斜月照楼低。
上阳宫里钟初动，不语垂鞭过柳堤。

此诗虽非飞卿之杰作，而层次最为清晰。诗题仅写“赠知音”，其全首皆言侵晓别离之意。首二句墙畔鸡声已动，纪残宵欲别之时也。三句言长眉不展，满镜都愁，指所赠者言也。四句言门外班骓，匆匆欲发，谓己之不得暂留也。五六纪分袂之时，斜月微星，仅淡淡写晓天光景，而黯然魂消之意，自在言外。末句言已行之后，远处闻上阳钟动，已晨光熹微，无聊情绪，垂鞭信马而行，惟见晓风杨柳，披拂长堤，而画楼人远矣。

卧病　　许　浑

寒窗灯尽月斜辉，佩马朝天独掩扉。
清露已凋秦塞柳，白云空长越山薇。
病中送客难为别，梦里还家不当归。
惟有寄书书未达，卧闻燕雁向南飞。

诗家体格，清词丽句，各擅其长。此诗因卧病有怀而作，前半首稍用字面，余皆宛转言情，清而有味，胜于丽而无则也。首二句言月斜灯暗，病榻易醒，正早朝车马，晨摇玉佩之时，而已则掩关寂寂，只自悲耳。三四言滞迹秦关，已秋寒杨柳；遥忆乡山薇蕨，空待归人。用“已”字“空”字，动荡其句法，语气乃开合生姿。五六言送客已难为别，况是病中；还家方遂素心，乃在梦里。皆推进一层写法，弥觉可伤。收句言乡书欲寄，而驿使稀逢；感春燕秋鸿之来去，枕上闻声，惟有以一片乡心，托南飞之羽耳。

和友人鸳鸯之什　　崔珏

翠鬣红毛舞夕辉，水禽情似此禽稀。
暂分烟岛犹回首，只渡寒塘亦并飞。
映雾尽迷珠殿瓦，逐梭齐上玉人机。
采莲无限兰桡女，笑指中流羡尔归。

鸳鸯为同命之鸟，惟河洲之雎鸠，关关对语，差可拟之。首句谓翠红文采，绚映斜阳，言鸳鸯之色也。次句谓水禽中相爱而具贞性，似此禽者，甚为稀有，言鸳鸯之性也。三四言鸳鸯之飞鸣宿食，不过在寒塘烟岛，地小回旋，乃仅片刻之分离，犹相呼回首；只萦洄之带水，亦接翼齐飞。写两禽情爱之深，可谓善于体物矣。三四句已言鸳鸯之情，五六乃变换句法，言殿上覆鸳鸯之瓦，闺中织鸳鸯之锦，故用其故实，而以映雾迷离，逐梭来往，以衬贴之，中二联遂虚实兼到。收句更翻新意，言采莲女伴，见同命文禽，依依相并，能不感幽情而生叹羡耶？全首中，六句皆咏本题，而结处别开意境，律诗中恒有之法也。

鹧鸪　　郑　谷

暖戏烟芜锦翼齐，品流应得近山鸡。
雨昏青草湖边过，花落黄陵庙里啼。
游子乍闻征袖湿，佳人才唱翠眉低。
相呼相伴湘江畔，苦竹丛深春日西。

首二句实赋鹧鸪，言平芜春暖，锦翼齐飞，颇似山鸡之文采。三四句虚咏之，专尚神韵。鹧鸪以湘楚为多，青草湖边，黄陵庙里，在古色苍茫之地，当雨昏花落之时，适有三两鹧鸪，哀音啼遍。故五六接以游子闻声，而青衫泪湿，佳人按拍，而翠黛愁低也。末句言春尽湘江，斜阳相唤，就题作收束而已。

崔珏以鸳鸯诗得名，称崔鸳鸯。郑谷以鹧鸪诗得名，称郑鹧鸪。故二诗连缀写之。崔写其情致，郑写其神韵，各臻妙境。惟崔诗通体完密，郑都官虽名出崔上，此诗后四句，似近率易，逊于崔诗。若李群玉之赋鹧鸪，亦专咏其声，又逊于郑作也。李白《越中》诗：宫女如花满春殿，至今惟有鹧鸪飞。郑谷《赠歌者》诗：座中亦有江南客，莫向春风唱鹧鸪。因其凄音动人，故怀古思乡，易生惆怅也。

春尽　　　　韩　偓

惜春连日醉昏昏，醒后衣裳见酒痕。
细水浮花归别浦，断云含雨入孤村。
人间易得芳时恨，地胜难招自古魂。
惭愧流莺相厚意，清晨犹为到西园。

致光少年，喜为香奁诗，其后节操岳然，诗格亦归雅正。此诗首二句言惜春情绪，借酒浇愁，迨醒后见襟上余湿，始知沾醉之深。三句言落花无主，飘荡随波，花随春去远矣。四句言微阴不散，时有断云将雨，渐入孤村。此二句不过言春尽之景，而自有黯黯春愁之思。以三四句既写景，故后半首言情。五句谓世途扰扰，谁惜芳时，惟闲人坐惜流光，易生怅惘。六句言胜地欢场，经多少名士佳人之吟赏，乃良辰美景，不异当年，而楚醑招魂，安能更起。结句言多谢流莺念旧，犹到西园，伴余寂寞，则尘凝芳榭，足音不到可知矣。近人诗云：地经前路成惆怅，人对芳晨转寂寥。有同慨也。

归王官次年作　　司空图

乱后烧残满架书，峰前犹是恋吾庐。
忘机渐喜逢人少，缺粒空怜待鹤疏。
孤屿池痕春涨满，小阑花韵午晴初。
酣歌自适逃名久，不必门多长者车。

表圣在乾宁朝，以户兵二部侍郎召，不赴，归隐王官。闻哀宗之变，不食而卒，卓然唐末完人。此为归山次年所作，自写天怀之淡定，非以泉石鸣高也。首二句言乱后藏书散失，幸吾庐无恙，尚可陋室自安。三句言人以独处无聊为慨，己则孤秀自馨，转览渐不逢人之可喜。四句言粗粝儒餐，分所应得，所歉怀者，并饲鹤之粮亦缺耳。后半首言处境虽约，而吾庐中小阑孤屿犹存，每看春水波痕，午晴花韵，辄悠然自赏。逃名本以自适，即长者车亦不愿临门，何论余子耶？全首固见高致，其五六句若不经意，而秀润如画，洵推佳句也。

伤昔　　韦　庄

昔年曾作五陵游，午夜清歌月满楼。

银烛树前长似昼，露桃花下不知秋。
西园公子名无忌，南国佳人字莫愁。
今日乱离俱是梦，夕阳惟见水东流。

此为兵乱后追忆昔时而作。首二句言曾共五陵年少，月夜听歌，乃纪当年之事。张梦晋诗所谓“高楼明月清歌夜，此是生平第几回”也。三四追忆盛时之光景，但见火树银花，城开不夜；酣醉于露桃花下，只觉春光之绚丽，不知世有秋色之萧条。五六言当年游宴之人，有西园公子之豪华，南国佳人之妖冶。其用无忌、莫愁，乃借人名作巧对。论者谓公子或指陈思，与魏无忌、长孙无忌俱不相合。其实作者不过纪裙屐士女之盛，不必拘定为何人也。前六句皆追忆陈迹，结句言事如春梦无痕，惟见流水斜阳，消沉今古，可胜叹耶？

葛景中《过金陵旧曲》诗云：金粉繁华自昔论，家家春色苎萝村。鱼鳞碧瓦花围屋，雁齿红桥柳映门。鹦鹉珠帘朝学语，海棠银烛夜消魂。而今秋冷江城月，只有青衫惹泪痕。前六句思昔，后二句伤今，其格调诗意，皆与韦作相同。葛颇能诗，如：无事且倾婪尾酒，有情休续断肠诗。尚有故交留白社，更无残梦到红楼。锦囊句好题新画，石鼎茶香读旧书。凉思又添今夜雨，老怀重感去年秋。皆有清婉之韵，因附录之。

陪府相中堂夜宴　　韦　庄

满耳笙歌满眼花，满楼珠翠胜吴娃。
因知海上神仙窟，只似人间富贵家。
绣户夜攒红烛市，舞衣晴曳碧天霞。
却愁宴罢青蛾散，扬子江头月半斜。

诗纪府中夜宴之盛。前二句言满耳所闻者，笙歌嘹亮；满眼所见者，花影缤纷；益以满楼之粉围香阵，艳夺吴姬。三用“满”字，见府第之繁华，几无隙地，真如锦洞天矣。三四句若言人间富贵，不异仙家，不过寻常意境。诗用倒装句法，言海上神仙，只似人间富贵，便点化常语，为新颖之词。五句言石家蜡烛，辉映千枝，疑入五都夜市。六句言舞袖争翻，如曳碧天之霞绮。厉樊榭《游仙》诗：天母衣裳云汉锦，九光灯里舞衣飘。可为五六句之注脚也。末句言所愁者酒阑客散，斜月楼空耳，所谓“绝顶楼台人散后，满场袍笏戏阑时”。作者不为谀颂语以悦贵人，而作当头棒喝，为酬酢诗中所仅见。韦夙著才名，府相招致词客，本以张其盛会，而得此冷落之词，能无败兴耶？

贫女　　秦韬玉

蓬门未识绮罗香，拟托良媒益自伤。
谁爱风流高格调，共怜时世俭梳妆。
敢将十指夸针巧，懒把双眉斗画长。
苦恨年年压金线，为他人作嫁衣裳。

此篇语语皆贫女自伤，而实为贫士不遇者，写牢愁抑塞之怀。首二句言生长蓬门，青裙椎髻，从不知罗绮之妍华；以待字之年，将托良媒以通辞，料无嘉偶，只益伤心。三四谓自抱高世之格，甘弃铅华，不知者翻怜我梳妆之俭陋也。五六谓以艺而论，则十指神针，未输薛女；以色而论，则双眉远翠，不让文君。而藐姑独处，从不向采芳女伴，夸绝艺而竞新妆。末句言季女斯饥，固自安命薄，所恨者，年年辛苦，徒为新嫁娘费金线之功。人孰无情，谁能遣此耶？孟郊诗：坐甘冰抱晚，永谢酒怀春。冰抱为难堪之境，而栖迟至晚，枯坐自甘。酒怀喻声利之场，乃春色虽多，孤踪永谢，与《贫女》诗意境相似，而以五言隽永出之，弥觉有味。老友章霜根翁最喜诵之。

过老将林亭　　张　蠙

百战功成翻爱静，侯门渐欲似仙家。
墙头细雨垂纤草，水面回风聚落花。
井放辘轳闲浸酒，笼开鹦鹉报煎茶。
几人图在凌烟阁，曾不交锋向塞沙。

此诗在唐律中非上乘，惟第四句传诵一时耳。七律中如“绿杨花扑一溪烟”、“芰荷翻雨泼鸳鸯”、“鹭鹚飞破夕阳烟”，虽佳句而有意雕琢。张诗“水面回风聚落花”七字，妙出自然。但三句之墙头纤草，五六之浸酒煎茶，皆寻常语，结句亦无深意。乃王衍与徐后见其诗而激赏之，欲授以官，唐代之重诗如是！文人每藉诗卷进身也。

诗境浅说丁编

七言摘句

汉家城阙疑天上，秦地山川似镜中。　　（沈佺期）

此乃《兴庆池侍宴应制》之作。上句状城阙之高，下句言登临所见。山川形势，如列镜中。同时侍宴者，有苏诗云：直视天河垂象外，俯窥京室画图中。用意与沈诗同，皆气象宏阔。宫室画图句，尤能总写俯窥之胜也。

片石孤云窥色相，清池皓月照禅心。　　（李　颀）

此题璿公山池诗。上句言色相之静如片石，无变相也；又言色相之动若孤云，无滞相也，即诸相具足之旨。下句以清池喻禅心之澄澈，以皓月喻禅心之空明。清池与皓月相映，则上下皆一片灵光。即就寺中之水石，以佛理证之，非泛作禅语也。

鱼吹细浪摇歌扇，燕蹴飞花落舞筵。　　（杜　甫）

此《城西陂泛舟》之作，即渼陂也。上句言画舸移春，纤波不动，正清歌按拍之时，游鱼吹浪，映扇影而微摇。下句言花因燕蹴而飞，适堕舞筵之前。花影衣香，荡成春色。以少陵之雄才，此二句写舟中歌舞，独工雅无伦。且清歌傍水，妙舞当花，乃宴集恒有之事，以鱼吹燕蹴写之，遂见生动。此琢句之法也。

麒麟不动炉烟上，孔雀徐开扇影还。　　（杜　甫）

上句言炉烟初上，乃帝驾将至之时。下句扇影徐还，乃退朝之时。《秋兴》诗中“云移雉尾开宫扇，日绕龙鳞识圣颜”，乃临朝之时。炉香扇影，想见当日朝仪。唐人早朝诗多言风景，此乃九重临御，仰瞻云日，故以庄丽之笔写之。少陵已身在江湖，眷怀君国，有魏阙之思也。

思家步月清宵立，忆弟看云白日眠。　　（杜　甫）

此少陵乱后思乡之作。清宵本宜偃息，因思家步月，而久立移时。白日非宜倚枕，因忆弟看云，乃无聊就寝。乡心缭乱，不觉昏昼之失序矣。且仅言步月看云，而思家忆弟之深情，自在言外也。

渔人网集澄潭下，估客船随返照来。　　（杜　甫）

此少陵赠江头野老诗也。渔人以江流涌荡，网罟难施，得江畔潭水静处，乃众网争下。其首句云：野老篱边江岸回，柴门不正逐江开。可见渔人所集，在野老门前，江岸回曲处也。下句言估船向晚，觅江湾寄泊。夕照亭亭而下，估帆亦缓缓而来，皆野老柴门所见，用“集”字“随”字，切合其景也。

花萼夹城通御气，芙蓉小苑入边愁。　　（杜　甫）

此纪天宝年事。上句言明皇自花萼楼至夹城，为龙武军所驻之地，故言御气常通。所谓“白日雷霆夹城仗”也。下句以渔阳兵起，遂罢芙蓉园之游幸，故言侵入边愁。此二句乃追忆当日盛衰之事也。

返照入江翻石壁，归云拥树失山村。　　（杜　甫）

此为少陵得意之笔，故取句中“返照”二字为诗题。其首句言楚王宫北，白帝城西，知此诗作于夔府峡畔。峡中两岸峭壁，多作赤色，倒影入江，夕阳照之，势如翻动。峡中无平地，三五村落，高踞山腰，云起则山村顿失。此二句之景，惟峡江见之。

春水船如天上坐，老年花似雾中看。　（杜　甫）

此小寒食舟中所作。上句谓蜀江迅急，舟行值春水涨时，有千里江陵之势，若乘云而在天上。下句言年老目昏，看花不辨，固自伤其老态，亦感变乱之靡常，如雾里看花，莫明其真象。因后半首有“娟娟戏蝶过闲幔，片片轻鸥下急湍”句，言己之不如鸥蝶，得来往自如，故知雾中看花，亦有言外意也。

吴宫花草埋幽径，晋代衣冠成古邱。　（李　白）

此为登金陵凤凰台而作。慨吴宫之秀压江山，而消沉花草；晋代之史传人物，而寂寞衣冠。在十四字中，举千年之江左兴亡，付凭阑一叹，与“汉家箫鼓空流水，魏国山河半夕阳”句调极相似，但怀古之地不同耳。余曾在秦中，见关公庙铁杆上联语云：吴宫花草埋幽径，魏国山河半夕阳。集句殊工，且以之题关庙，见吴魏已亡，而庙食依然千古，胜于《过钓台》诗之“光武无片土”句，转觉说尽也。

上方月晓闻僧语，下界林疏见客行。　（卢　纶）

此夜宿丰德寺而作。上句言山头孤寺，万籁沉沉，晓风残月之时，惟闻僧语。下句言俯视下方，偶于林隙见早行之客。此言山巅寺院之高也。苏诗：宫中下见南山尽，城上平临北斗悬。乃言长安城阙之高。元稹诗：星河似向檐前落，鼓角惊从地底回。乃言越中州宅之高。同一登临之作，所在之地不同，各写其见闻也。

幽溪鹿过苔还静，深树云来鸟不知。　　（钱　起）

诗写山中幽绝之致，句殊隽永。以之喻禅理，则幽溪苍苔，喻人心之本静，因鹿行而静中有动，鹿过而苔仍静，还其本心也。下句言鸟栖深树，悠然若无知，虽树里白云来去，而鸟仍不知。喻世事万变，而此心不动，言心之定也。有定而后能静，禅理而亦儒理。若郎士元之“月在上方诸品静，心持半偈万缘空”，语意显露，不若钱诗之写景既工，且有余味可寻也。

长乐钟声花外尽，龙池柳色雨中深。　　（钱　起）

诗为赠阙下裴舍人而作。上句谓长乐宫中之钟声，传递至花外而尽。言宫禁深严，钟声非外人所得闻，惟舍人在阙下闻之。下句言柳以在龙池之畔，故得雨露为多。喻裴为近臣，故承恩独厚。因后半首有“阳和不散穷途恨”及“献赋十年犹未遇”句，故知长乐龙池句，羡舍人之身依禁近，而伤己之以白发相对华簪，非泛言宫中花柳之景也。

蝉声驿路秋山里，草色河桥落照中。　（韩　翃）

草色蝉声，乃寻常之语，以秋山落照写之，便为佳句，且有旅行光景。与早朝诗之“鹊飞山月曙，蝉噪野风秋”，诵之便觉有晓行光景，耐人吟讽。

秋山入帘翠滴滴，野艇倚槛云依依。　（张志和）

烟波钓徒作此诗赠渔父，潇洒出尘，颇似宋贤集中佳句。渔父居此胜地，东坡所谓不知人间何处有此境，径欲往买二顷田也。诗中“秋”字“入”字“翠”字等，其平仄不用谐声，弥觉清峭。律诗用拗韵，与诗之神致有关。此类是也。

鸦翻枫叶夕阳动，鹭立芦花秋水明。　（陶　岘）

岘为渊明后人，自制一舟，号水仙。此诗咏夕阳枫叶，秋水芦花，本江湖之妙景；更以寒鸦翻动，白鹭孤明，以写其生趣，绝好之秋江图画。夕阳因鸦翻而动，秋水映鹭羽而愈明。用“动”字“明”字殊佳。

鹓鸿得路争先翥，松柏凌寒独后凋。　（武元衡）

此赠张谏议诗也。鸿不殊凡鸟，因风云得路，而翔翥争先。松柏不殊凡卉，因冰雪凌寒，而凋零独后。盼张谏议之功名奋起，与节操贞坚，规颂兼至也。推阐其议，则得路争先者，乃日中则昃，操刀必割，务争天下之先，黄帝之学也。凌寒后凋者，知白守黑，流阳处阴，默居天下之后，老子之学也。武诗无此意，偶有触悟，附记之以质后之览者。

将军旧压三司贵，相国新兼五等崇。（韩　愈）

裴晋公破贼回，重拜台司，以诗示宾客。昌黎和之，虽仅言其官爵尊崇，而隐然负天下之重。李郢上晋公诗云：天上玉书传诏夜，阵前金甲受降时。词采工丽，格调恢雄。耿沣诗云：枥上骅骝嘶鼓角，阵前老将识风云。言其久历戎行，句殊新颖。晋公勋望冠时，赠诗颇不易作。此三诗皆台阁体中能手也。

银烛未消窗送曙，金钗半醉座添春。（韩　愈）

昌黎于酒中上李相公诗也。银蜡摇辉，传杯达晓，红裙劝醉，合座生春。以公之风裁岳岳，而此诗独妩媚，与广平梅花，欧阳江柳，忠简梨涡，皆名卿之韵事。唐代之习尚如是，少陵亦曾预金钱御宴，沉醉于佳人锦瑟旁也。

山腹雨晴添象迹，潭心日暖长蛟涎。　（柳宗元）

柳州谪官以后之诗，多纪岭南殊俗。此联与“射工巧伺游人影，飓母偏惊旅客船”句，纪其风物之异也。《寄友》诗云：林邑东回山似戟，牂牁南下水如汤。纪山川之异也。《峒氓》诗云：青箬裹盐归峒客，绿荷包饭趁墟人。鹅毛御腊缝山罽，鸡骨占年拜水神。纪俗尚之异也。就见闻所及，语意既新，复工对仗，非亲历者不能道之。

梁氏夫妻为寄客，陆家兄弟是州民。　（刘禹锡）

梦得赴苏州，适白乐天领郡，乃赠此诗。以梁陆皆吴人，借以自况。既切其地，兼切己事，与张籍寄乐天诗“登第早年同座主，莅官今日是州民”用意相似。刘诗尤擅胜场，因引用昔人事入诗，以适合为贵也。

林间暖酒烧红叶，石上题诗扫绿苔。　（白居易）

此白傅寄题仙游寺之诗。暖酒题诗，韵事也。暖酒而在林翠之中，题诗而在岩石之上，逸趣也。更以红叶绿苔装点之，雅事与丽句兼矣。虽落叶作薪，未足以暖酒，苔石乍扫，未宜于题诗，但词人托兴，不可质实求之。宋代王晋卿，曾以此句作画，绢素未损，古雅绝伦，为老友式之所藏，余曾见之。可见此诗流传之价值矣。

绕郭烟岚新雨后，满山楼阁上灯初。　　（元　稹）

此以州宅重夸于乐天也。上句谓山当雨后，则湿云半收，苍翠欲滴，胜于晴霁时之山容显露，所谓“雨后山光满郭青”也。下句谓群山入夜，则楼阁隐入微茫，迨灯火齐张，在林霭中见明星点点。乐天诗云：楼阁参差倚夕阳。乃言向晚之景。此言夜景，各极其妙。凡远观灯火，最得幽静之致。“两三星火是瓜州”，与此诗之满山灯火，虽多少不同，皆绝妙夜景，为画境所不到。此二句之写景，胜于前诗夸州宅之“四面常时对屏嶂，一家终日在楼台”句也。

尘世难逢开口笑，菊花须插满头归。　　（杜　牧）

此牧之九日齐山登高而作。上句谓光阴者百岁之过客，三万六千日中，能得几回欢笑。下句插菊满头，不必实有其事，因难得今日尽欢，极写其清狂之态耳。若厉樊榭游仙诗之“新赐天花插满头”与“星辰系满头”句，则奇幻之想也。

云随夏后双龙尾，风逐周王八骏蹄。　　（李商隐）

凡用古事入诗，两事务须匀称，勿以近代事搀之。此诗夏后、周王，双龙、八骏，皆上古事，且句极工丽。运用古事者，最宜取法。诗为咏九成宫而作，宫在山水胜地，玉溪不言其风物，而意在怀古，殆有故君之思也。

永忆江湖归白发，欲回天地入扁舟。　　（李商隐）

玉溪近体诗，顿挫沉着，少陵后为一大宗。诗谓归隐江湖，乃其夙志。而白发淹留者，将欲整顿乾坤，遂其济时之愿，即扁舟入海，随渔父之烟雾而去耳。以沉雄之笔，写宏远之怀，陈子昂所谓“囊括经世道，遗身在白云”也。

更无人处帘垂地，欲拂尘时簟竟床。　　（李商隐）

此玉溪感逝诗也。仅言帘影簟纹，而伤感之情，溢于言外。王武子见孙楚悼亡之作，所谓“情生于文，文生于情”也。诗人之悼亡者，以元微之七律三首，梅宛陵五律三首，最为真挚。论诗之风韵，玉溪之句，尤耐微吟。潘安仁诗“望庐思其人”，即玉溪上句之意。潘诗“入室想所历”，即玉溪下句之意。诗格异而意同也。

一院落花无客醉，五更残月有莺啼。　　（温庭筠）

此经李征君故宅而作。当日莺花庭院，列长筵招客，醉月飞觞，何等兴采。乃旧地重过，但有一院飞花，五更残月。故其第七句有“风景宛然人事改”之叹。陈迦陵诗：五更残月啼莺换，一片荒城赵水流。亦咏莺啼残月，乃客途怀古之思也。

夜闻猛雨拌花尽，寒恋重衾觉梦多。　（温庭筠）

此类之句，贵心细而意新，必确合情事，乃为佳句。且一句中自相呼应，惟雨猛故花尽，恋衾故梦多。如“重帘不卷留香久”、“古砚微凹受墨多”、“石挨苦竹旁抽笋”、“雨打戎葵卧放花”……诗中此类极多，固在描绘细确，尤在用虚字之精炼也。

楸梧远近千官冢，禾黍高低六代宫。　（许　浑）

此金陵怀古诗也。江东王气，至陈后主而终。兵合景阳，英雄事去，故诗以玉树歌残，为发端之词。此二句谓楸梧飒飒，尽消沉将相王侯；禾黍油油，更谁问齐梁晋宋。涵举一切，不专指一代一事。此后过金陵者，追忆孙吴六代，屡见篇章。至明社既屋，若顾亭林之谒太祖陵，吴梅村之过上方桥，感念故君，悲歌慷慨。嗣后过江名士，题咏甚多。如“钟声自吼南朝事，佛塔还燃半夜灯”；“萧寺鼓鼙惊翡翠，蒋山风雪葬芙蓉”；“春风泪洒桃花扇，夜月歌残燕子笺”；“芳草久荒邀笛步，夕阳还上胜棋楼”等句，皆指一事而言。许诗则浑写大意也。

溪云初起日沉阁，山雨欲来风满楼。（许　浑）

诗为登咸阳城东楼而作。上句因云起而日沉，为诗心所易到。下句善状骤雨欲来，风先雨至之景，可谓绝妙好词。此景非必咸阳始有，许在东楼，偶遇之而入咏耳。

江云带日秋偏热，海雨随风夏亦寒。（许　浑）

前录柳子厚诗，乃纪粤西之山川风俗。此在广州城西朝台所作，乃纪粤东之时令。上句谓当秋宜凉，而乍晴便热。下句谓入夏应热，而一雨便凉。见寒燠之无常。此二句极肖粤东天气。许有《题朝台韦氏郊园》诗云：云连海气琴书润，风带潮声枕簟凉。亦善写海南情状。郊园诗第三句“柴门临水稻花香”，为时人传诵。但此景在江乡皆有之，不独粤东耳。

初戴玉冠多误拜，欲辞金殿别称名。（项　斯）

此送宫人入道诗也。上句谓初易道装，未辨诸天佛像，致顶礼多讹。下句谓已辞殿阙，往日之茗华芳字，不称空门，应别署绿萼飞琼之号。此题在唐人诗中，项作称为佳构。近人汪琬诗云：颜因炼液疑重艳，身为持斋转觉轻。可云妙语双关。又有句云：此生无复昭阳梦，犹为君王夜祝厘。蔼然忠爱之音，胜于项诗矣。

压树早鸦飞不散，到窗寒鼓湿无声。　　（薛　逢）

此长安夜雨诗也。咏雨者，首推少陵之“随风潜入夜，润物细无声”一联。此诗谓栖树之鸦，因沾翅而欲飞不起；隔窗之鼓，因湿弛而低咽无声。杜诗专就雨言，薛诗就雨之著物而言，皆极诗心之妙也。

残星几点雁横塞，长笛一声人倚楼。　　（赵　嘏）

诗写长安秋望所见闻。上句言晓星明灭之时，见雁行自塞北而来，写秋空之清旷也。下句赋闻笛。设言吹笛者，为风鬟雾鬓之人，或言闻笛者，为愁病怀乡之客，皆著迹象。赵以七字浑然写之，而含思无限，杜紫薇所以称赏不置，称为“赵倚楼”也。

得剑乍如添健仆，忘书久似忆良朋。　　（司空图）

此类诗句，难于言情写景之诗。因须取譬工切，且有意味也。近人有“欲霁山如新染画，重游路比旧温书”，与此诗相似。若林逋之“春水净于僧眼碧，远山浓似佛头青”及“巫峡晓云笼短髻，楚江秋水曳长裙”，则借风景取譬，较易着想也。

野庙向江春寂寂，古碑无字草芊芊。　　（李群玉）

诗咏黄陵庙而作。庙本上古幽邈之事，李以楚江之过客，发思古之幽情，纯以空灵之笔写之，与王渔洋过露筋祠诗“行人系缆月初坠，门外野风开白莲”相似。所谓不著一字，尽得风流。若近人之“空山黄叶无人径，破庙山神对古松”，则仅写古庙荒凉之状，无悠然怀古之思也。

有时三点两点雨，到处十枝五枝花。　　（李山甫）

此二句以轻活之笔，写眼前之景，全以不着力处见工。宋人集中，每有此派。在骈文中，“一寸二寸之鱼，三竿两竿之竹”，其意境相似。此诗因寒食而作。上句以清明（按：应为寒食）为多雨之际，故时有数点沾衣。下句言其时春花已放，而未繁盛，故时见数枝逗色。皆切寒食时令而发。其次联云：九原珠翠似烟霞。语不可解。或因寒食上冢，谓九原之下，视人间珠翠，等烟霞之过眼。然语意亦不明了。凡作律诗者，须通体匀称，若此诗之瑜瑕互见，非上选也。

仰瞻青壁开天罅，斗转寒湾避石棱。　　（方　干）

诗在缙云县溪流中所作，极似三峡风景：两岸岩壁，削立而紧束，中开一隙天光，惟亭午始见日影。水中巨石，以多年激荡，或伏水中，或刺水面，皆锐如剑戟，行舟须迂回避之。遇弯折处，尤有虞心。此诗能曲绘险滩之状也。

官满便寻垂钓侣，家贫已用卖琴钱。　　（来　鹏）

此送友罢任还乡诗也。上句谓甫挂朝冠，便寻渔艇，其襟期之淡逸可知。下句谓家徒壁立，已藉卖琴，其居官之廉洁可知。晚唐作者，非无清新和雅之音，而少浑厚沉雄之气。殆时会递嬗所关也。

鹤盘远势投孤屿，蝉曳残声过别枝。　　（方　干）

此诗体物浏亮，造句亦工。上句谓鹤之飞翔，异于凡鸟。其在天空，必作势盘旋，翔而后集。下句谓凡虫鸟之飞鸣，各为一事，惟蝉则枝柯已易，犹带余音。以之取譬，则以鹤喻仕途择主，须审慎而委身，勿栖枳棘；以蝉喻飘零怨妇，感将衰之颜色，重抱琵琶。作者有此弦外之音乎？

饮涧鹿喧双派水，上楼僧踏一梯云。　（郑　谷）

山中僧寺在云气中，固恒有之事。梯在室内，不易为云所到。但云深满寺，则梯在云中，亦事所或有。作诗不能拘执言之。此七字可称佳句，惜上句不称。或郑所见者，为交流之水，适有群鹿饮其侧也。

数枝艳拂文君酒，半里红宋玉墙。　（罗　隐）

此昭谏咏杏花诗也。杏花之低拂酒卮，或高倚墙头，语本无奇。作者因酒而引用文君，因墙而引用宋玉，美人词客，与花枝相辉映，遂好句欲仙矣。昭谏有咏牡丹诗云：公子醉归灯下见，美人朝插镜中看。言公子美人，不及宋玉文君，有妍情逸兴。唐人牡丹诗殊少佳什，罗诗虽咏花者皆可用，而此二句有富贵气，尚与牡丹相称也。

秋凉雾露侵灯下，夜尽鱼龙逼岸行。　（罗　隐）

此夜泊淮口所作。上句谓江乡卑湿之地，每多雾露。凉秋倚棹，觉窗前雾气，漾灯晕而迷濛。用一“侵”字，见雾露之深也。下句谓游鱼避舟楫往来，当昼潜伏，至夜静乃游泳岸边。用一“逼”字，见鱼龙之近也。余昔在湘江，屡逢晓雾，蓬蓬若蒸釜，夙有蒸湘之名。又尝泊舟越中绕门山深潭之侧，每至夜半，鱼腥上腾。知昭谏写水窗之景，新而确也。

谋身拙为安蛇足，报国危曾捋虎须。　　（韩　偓）

此诗与白乐天之“曾犯龙鳞容不死，欲骑鹤背觅长生”句，用意及对句之工，均极相似。皆以汲黯之敢言，学留侯之遁世。合则留，不合则去，得用行舍藏之义也。明季有赠遗老诗云：立朝抗疏批鳞手，易世衣冠削发僧。则以遗直而兼故国之悲矣。

诗境浅说续编一

五言绝句

寒夜思（三首）　　王　勃

其一

久别侵怀抱，他乡变容色。
月夜调鸣琴，相思此何极。

其二

云间征思断，月下归愁切。
鸿雁西南飞，如何故人别。

其三

朝朝碧山下，夜夜清江曲。

复此遥相思，清尊湛芳渌。

三首同一思友思乡之意，而分咏为三者，其第一首独坐有思，抚琴而思同调也；第二首望远有思，闻雁而思故侣也；第三首总结上意，言花朝月夜，山碧江清，无时无地不思也。一唱三叹，极写其寒夜之怀。结句借酒消愁，兼有樽酒重逢之望。作者去晋魏未远，故短章有淳朴之气，自是初唐风格。

别人　　　　王　勃

霜华净天末，雾色笼江际。
客子常畏人，胡为久留滞。

客子畏人句，一语镇纸，却曲迷阳，忧心悄悄，能曲状孤客自危之意。作者固阅世之谈，亦对于所别之人，有为而发，故劝其早归也。

曲江花　　　　卢照邻

浮香绕曲岸，圆影覆华池。
常恐秋风早，飘零君不知。

借落花以书感，诗人所恒有。此独咏曲江花者，以曲江地邻禁苑，为冠盖荟萃之地，当有朝贵，恋青紫功名，不知早退者，此诗特讽喻之。勿待素秋肃杀，而始叹飘零，明哲保身之义，非泛咏落花也。

易水　　骆宾王

此地别燕丹，壮士发冲冠。
昔时人已没，今日水犹寒。

易水送荆卿歌：风萧萧兮易水寒，壮士一去兮不复还。寥寥十五字，而千载下如闻悲壮之声。咏易水者，当不能外此意。此诗一气挥洒，而重在“水犹寒”三字。一见人虽没，而英风壮采，懔烈如生，一见易水寒声，至今日犹闻呜咽。怀古苍凉，劲气直达，高格也。

洛堤晓行　　上官仪

脉脉广川流，驱马历长洲。
鹊飞山月曙，蝉噪野风秋。

此早朝途中所作。鹊飞蝉噪二句，写洛堤晓行，风景如画。诗句复清远而有神韵。昔张文潜举昌黎、柳州五言佳句，以韩之“清雨卷归旗”一联，柳之“门掩候虫秋”一联为压卷。上官之作，可方美韩柳矣。

南行别弟 韦承庆

万里人南去，三春雁北飞。
未知何岁月，得与尔同归。

孤客远行，难乎为别，所别者况为同气。此作不事研炼，清空如话，弥见天真。唐十龄女子诗：所嗟人与雁，不作一行飞。皆蔼然至性之言也。

送杜审言 宋之问

卧病人事绝，嗟君万里行。
河桥不相送，江树远含情。

病中不能送客，无以表意，而托诸江树，正见其情之无极。王阮亭又选其《途中寒食》云：马上逢寒食，途中属暮春。可怜江浦望，不见洛桥人。语意质实，不若此诗之意婉。宋在昆季中，最擅诗歌，明月夜珠之句，传唱宫廷。初唐之能手也。

子夜春歌　　　　郭元振

青楼含日光，绿池起风色。
赠子同心花，殷勤此何极。

子夜歌亦乐府之遗，幽情古艳，即物兴怀，在五言诗中，别有神味。此歌以“同心花”三字为主，两情兼写。第四句重言以申之，表长毋相忘之意。歌凡二首，其次首云：妾心正断绝，君怀那得知。乃怨歌之亚也。

汾上惊秋　　　　苏　颋

北风吹白云，万里渡河汾。
心绪逢摇落，秋声不可闻。

一年容易，又听秋风，便有一种萧寥之感，生宋玉之悲，作欧阳之赋，良有以也。刘禹锡《秋风引》云：秋风入庭树，孤客最先闻。盖客里秋声，尤易枨触。故此诗言心绪摇落，秋声更不可闻也。起二句笔殊挺健。

自君之出矣　　张九龄

自君之出矣，不复理残机。
思君如满月，夜夜减清辉。

曲江乃唐时贤相，元宗若用其言，安有渔阳之变。此诗殆为李林甫所谗罢相后而作，借闺怨以寓忠爱之思。已过三五良宵，此后清辉夜夜，有缺无盈。见明良遇合，更无余望，较“衣带日以缓，思君令人老”等句，语婉而意尤悲。迨元宗遣官祠祭，已悔莫追矣。

江上梅　　王适

忽见寒梅树，花开汉水滨。
不知春色早，疑是弄珠人。

咏梅之事多矣，而独言弄珠人者，以地当汉水，遂忆及弄珠解佩之仙。犹之见罗浮梅而怀萼绿，见孤山梅而忆逋翁，本地风光，随手拾取也。

王昭君　　东方虬

掩涕辞丹凤，衔悲向白龙。
单于浪惊喜，无复旧时容。

起笔以流水句法作对语，白龙丹凤，属对殊工。后二句言风沙绝域，已失旧容，而单于见之，犹为惊喜，则昭君之绝艳可知矣。

南楼望　　卢　僎

去国三巴远，登楼万里春。
伤心江上客，不是故乡人。

人当客途况瘁，已切乡思。及登楼四望，云山新异，更惊身在他乡。故作者为之咏叹，犹之太白登高楼而吟暝色春愁，少陵坐江楼而赋枫林秋兴，所谓“断肠烟柳，莫倚危阑”也。

鸟鸣涧　　王　维

人闲桂花落，夜静春山空。
月出惊山鸟，时鸣春涧中。

山空月明，宿鸟误为曙光，时有鸣声，出烟树间，山居静夜，偶一闻之。右丞能在静中领会，昔人谓“鸟鸣山更幽”句，静中之动，弥见其静。此诗亦然。

萍池　　王　维

春池深且广，会待轻舟回。
靡靡绿萍合，垂杨扫复开。

池水不波，轻舟未动，水面绿萍，平铺密合，偶为风中杨柳，低拂而开，开而复合，深得临水静观之趣。此恒有之景，惟右丞能道出之。

鸬鹚堰　　王　维

乍向红莲没，复出青蒲飏。
独立何缡褷，衔鱼古楂上。

甫入芙蕖影里，旋出蒲藻丛中，善写其凫没鸾举之态。后二句言，既入水得鱼，乃在楂头小立。鸬鹚之飞翔食息，于四句中尽之，善于体物矣。以上三首，皆《云溪杂题》。

孟城坳　　王　维

新家孟城口，古木余衰柳。
来者复为谁，空悲昔人有。

孟城新宅，仅余古柳。昔年居此者，重重陈迹，荡焉无存。今虽暂为己有，而人事变迁，片壤终归来者，后之视今，犹今之视昔。彼王侯第宅，尚新主屡更，况儒生蓬荜耶？摩诘诚能作达矣。

鹿柴　　王　维

空山不见人，但闻人语响。
返景入深林，复照青苔上。

前二句已写出山居之幽景。后二句言，深林中苔翠阴阴，日光所不及，惟夕阳自林间斜射而入，照此苔痕，深碧浅红，相映成彩。此景无人道及，惟妙心得之，诗笔复能写出。

南垞　　　王　维

轻舟南垞去，北垞淼难即。
隔浦望人家，遥遥不相识。

户具画船，家藏烟浦，江南风景，往往有之。此诗纯咏水乡，舟行南垞，见北垞之三五人家，掩映于波光林霭间。一水盈盈，可望而不可即。写水窗闲眺情景，如身在轻桡容与中也。

栾家濑　　　王　维

飒飒秋雨中，浅浅石溜泻。
跳波自相溅，白鹭惊复下。

秋雨与石溜相杂而下，惊起濑边栖鹭，回翔少顷，旋复下集。惟临水静观者，能写出水禽之性也。

辛夷坞　　　王　维

木末芙蓉花，山中发红萼。
涧户寂无人，纷纷开且落。

兰生空谷，不以无人而不芳。东坡《罗汉赞》云：空山无人，水流花开。世称妙悟。亦即此诗之意境。后二句之意，更有花开固孤秀自馨，花落亦无人悼惜，山林枯菀，悉付诸冥漠之乡，洵超于象外矣。

竹里馆　　王　维

独坐幽篁里，弹琴复长啸。
深林人不知，明月来相照。

《辋川集》中，如《孟城坳》、《荷池》、《栾家濑》诸作，皆闲静而有深湛之思。此诗言月下鸣琴，风篁成韵，虽亦一片静境，而以浑成出之。坊本《唐诗三百首》特录此首者，殆以其质直易晓，便于初学也。

山中送别　　王　维

山中相送罢，日暮掩柴扉。
春草明年绿，王孙归不归？

以山人送别，则所送者，当是驰骛功名之士，而非栖迟泉石之人。结句言“归不归”者，明知其迷阳忘返，故作疑问之辞也。庄子云：送君者自崖而返，而君自远矣。此语殊有余味。

左掖梨花　　王　维

闲洒阶前草，轻随箔外风。

黄莺弄不足，衔入未央宫。

鸟衔花片，虽诗人偶咏及之，其实为事理所稀有。右丞殆借以为喻，以梨花喻京朝官：倘推毂无缘，则亦飘于阶前帘外耳；一旦汲引有人，忽蒙前席之召，犹花被莺衔入未央宫里。当是见同官中遇意外之荣，故借题寓意耳。否则虚构此景，果何谓耶？

相思子　　王　维

红豆生南国，春来发几枝。

愿君多采撷，此物最相思。

折芳馨以遗所思，采芍药以赠将离，自昔诗人骚客，每藉灵根佳卉，以寄芳悱宛转之怀。况红豆号相思子，故愿君采撷，以增其别后感情，犹郭元振诗以同心花见殷勤之意。近人有以“把酒祝东风，种出双红豆”图，所谓愿天下有情人都成卷属也。

杂诗　　王　维

君自故乡来，应知故乡事。
来日绮窗前，寒梅着花未？

故乡久别，钓游之地，朋酒之欢，处处皆萦怀抱。而独忆窗外梅花，论襟期固雅逸绝尘，论诗句复清空一气，所谓妙手偶得也。

宫槐陌　　裴　迪

门前宫槐陌，是向欹湖道。
秋来风雨多，落叶无人扫。

裴迪与右丞唱和，如《鹿柴》、《茱萸沜》诸诗，皆质朴而少余味。其才力未能跨越右丞也。此作虽仅言秋来落叶，而写萧寥景色，有遁世无闷之意，与右丞“涧户寂无人，纷纷开且落”诗意相似。其咏白石滩云：日落川上寒，浮云淡无色。皆五言高格也。

送崔九　　　　裴　迪

归山深浅去，须尽丘壑美。
莫学武陵人，暂游桃源里。

临别赠言，令人增朋友之重。戒人游冶者，则云莫向临邛去；勉人节操者，则云慎勿厌清贫。此诗送人归隐，则云莫学武陵人，良以言行相顾，事贵实践。若高谈肥遁，恐在山泉水，瞬为出岫行云矣。应知巢由高躅，非一蹴可几也。

玉阶怨　　　　李　白

玉阶生白露，夜久侵罗袜。
却下水精帘，玲珑望秋月。

题为“玉阶怨”，其写怨意，不在表面，而在空际。第二句云露侵罗袜，则空庭之久立可知。第三句云却下精帘，则羊车之绝望可知。第四句云隔帘望月，则虚帏之孤影可知。不言怨而怨自深矣。

静夜思　　李　白

床前明月光，疑是地上霜。
举头望明月，低头思故乡。

前二句取喻殊新，后二句在举头低头俄顷之间，顿生乡思，良以故乡之念，久蕴怀中，偶见床前明月，一触即发，正见其乡心之切。且举头低头，联属用之，更见俯仰有致。

敬亭独坐　　李　白

众鸟高飞尽，孤云独去闲。
相看两不厌，只有敬亭山。

前二句以云鸟为喻，言众人皆高取功名，而已独翛然自远。后二句以山为喻，言世既与我相遗，惟敬亭山色，我不厌看，山亦爱我。夫青山漠漠无情，焉知憎爱，而言不厌我者，乃太白愤世之深，愿遗世独立，索知音于无情之物也。

八阵图　　杜　甫

功盖三分国，名成八阵图。
江流石不转，遗恨失吞吴。

武侯之志，在严汉贼之辨，酬先主之知，征吴非所急也。乃北伐未成，而先主猇亭挫败，强邻未灭，剩有阵图遗石，动悲壮之江声。故少陵低回江浦，感遗恨于吞吴，千载下如闻叹息声也。

送朱大　　孟浩然

游人五陵去，宝剑值千金。
分手脱相赠，平生一片心。

襄阳诗皆冲和淡逸之音，此诗独有抑塞磊落之气。论其生平，为张曲江、韩荆州所汲引，当具用世之才，非甘于鹿门终老者，于此诗略露圭角。朱大未详其人，殆朱家郭解之流。贾岛诗“十年磨一剑”，“谁有不平事”。东坡尝题渊明诗后云：靖节虽脱节躬耕，其意固未能平也。襄阳之平生一片心，其亦有未平乎？

望终南残雪　　　　祖　咏

终南阴岭秀，积雪浮云端。
林表明霁色，城中增暮寒。

咏高山积雪，若从正面着笔，不过言山之高、雪之色及空翠与皓素相映发耳。此诗从侧面着想，言遥望雪后南山，如开霁色，而长安万户，便觉生寒。则终南之高寒可想。用流水对句，弥见诗心灵活。且以霁色为喻，确是积雪，而非飞雪，取譬殊工。

铜雀台　　　　崔国辅

朝日照红妆，拟上铜雀台。
画眉犹未了，魏帝使人催。

朝阳甫上，便整红妆，初非晏起，而魏帝已使人催，则魏主之色荒，及宫妃之得宠，皆于后二句见之。魏宫琐事，作者何由知之？当是借喻唐宫也。

采莲曲　　崔国辅

玉溆花红发，金塘水碧流。
相逢畏相失，并着采莲舟。

前二句极妍炼，后二句莲浦相逢，乍惊美艳，仙侣并舟，低回不去，有目逆而送之意。折芳馨以相赠，许微波以通辞。作者含意未申，语殊蕴藉。

怨词　　崔国辅

妾有罗衣裳，秦王在时作。
为舞春风多，秋来不堪着。

披罗衣之璀璨，当日秦王座上，曾屡舞春风。乃老去芳华，捐同秋扇，犹之蓝田废将，抚锋镝之余生，望觚棱而陨涕，同是伤心之故也。

少年行　　崔国辅

遗却珊瑚鞭，白马骄不行。
章台折杨柳，春日路旁情。

偶过章台，因遗鞭驻马，而折柳道旁。借折柳以喻访艳，写少年荡子，随处流连之状。崔善赋小诗，虽非高格，而皆有手挥目送之致。

长干曲（三首） 崔 颢

其一

君家住何处？妾住在横塘。
停舟暂相问，或恐是同乡。

其二

家临九江水，来去九江侧。
同是长干人，生小不相识。

其三

下渚多风浪，莲舟渐觉稀。
那能不相待，独自逆潮归？

第一首既问君家，更言妾处，何情文周至乃尔？是否同乡，干卿底事，乃停舟相问。情网遂凭虚而下矣。第二首承上首同乡之意，言生小同住长干，惜竹马青梅，相逢恨晚。第三首写临别余情，日暮风多，深恐其迎潮独返。相送殷勤，柔情绮思，有竹枝水调遗意，视崔国辅《采莲曲》但言并着莲舟，更饶情致。

题僧房　　王昌龄

棕榈花满院，苔藓入闲房。

彼此名言绝，空中闻异香。

次句苔藓入房，写禅室之人稀地寂，已迥殊尘境。三四句有“落花无言，人淡如菊”之意。凡良友存临，相喻以意，不在言词形迹之间，况与高僧晤对，默契于无言之表，但闻空际妙香，如雨天花于丈室。唐人山寺诗多言静境，此诗尤得静中之趣。

朝来曲　　王昌龄

日昃鸣珂动，花连绣户春。

盘龙玉台镜，惟待画眉人。

唐人咏闺阁者，多言愁怨。此诗独写笄珈贵妇，伉俪情多。东方千骑，夫婿上头，驰骢马于天街，鸣玉已看官贵。拂盘龙之宝镜，画眉留待郎归，极写闺人美满之情。与“辜负香衾事早朝”句，同是金龟贵婿，而各有诗意。语云：欢娱之言难工，愁苦之音易好。作者可谓善状欢娱矣。

咏史　　　　高　适

尚有绨袍赠，应怜范叔寒。
不知天下士，犹作布衣看。

冠盖京华，斯人憔悴，一寒至此者，岂独范叔！天下士之布衣沦落者多矣。达夫生平，功名自许，以忤权贵，出宦彭州。此诗其有抑郁之怀耶？

九日思长安故园　　　　岑　参

强欲登高去，无人送酒来。
遥怜故园菊，应傍战场开。

黄花三径，又发秋光，故少陵有丛菊故园之咏。复花发战场，感时溅泪，况未休兵，谁能堪此。嘉州尚有《见渭水思秦州》诗云：渭水东流去，何时到雍州。凭添两行泪，寄向故园流。亦思家之作。心随水去，已极写乡思，而此作加倍写法，感叹尤深。

登鹳雀楼　　王之涣

白日依山尽，黄河入海流。
欲穷千里目，更上一层楼。

凡登高能赋者，贵有包举一切之概。前二句写山河胜概，雄伟阔远，兼而有之，已如题之量。后二句复余劲穿札。二十字中，有尺幅千里之势。同时畅当亦有《登鹳雀楼》五言诗云：迥临飞鸟上，高上世尘间。天势围平野，河流入断山。二诗工力悉敌。但王诗赋实景在前二句，虚写在后二句。畅诗先虚写而后实赋。诗格异而诗意则同。以赋景论，畅之平野断山二句，较王诗为工细。论虚写，则同咏楼之高迥，而王诗更上一层，尤有余味。

江南曲　　储光羲

日暮长江里，相邀归渡头。
落花如有意，来去逐船流。

此诗与崔国辅之《采莲曲》、崔颢之《长干曲》，皆有盈盈一水，伊人宛在之思。但二崔之诗，皆着迹象，此则托诸花逐船流，同赋闲情，语尤含蓄。古乐府言情之作，每借喻寓怀，不着色相，此诗颇似之。题曰“江南曲”，亦乐府之遗也。

别辋川　　王　缙

山月晓仍在，林风凉不绝。
殷勤如有情，惆怅令人别。

人当风景绝佳处，每低徊不去。宋人诗：聊为一驻足，且胜百回头。与作者有同怀也。山月林风，焉知惜别，而殷勤向客者，正见己之心爱辋川，随处皆堪留恋，觉无情之物，都若有情矣。

左掖梨花　　邱　为

冷艳全欺雪，余香乍入衣。
春风且莫定，吹向玉阶飞。

此殆取喻之词。左掖地当禁近，梨花托地既高，偶因风送，便飞向瑶殿玉阶，有希荣之意也。或言梨花虽在清华之地，忽被风吹，遂飘茵堕素，有上清沦落之感。其意果何指耶？王维亦有《左掖梨花》诗，借以寓意，并可见梨花之盛，故诗人以之入咏也。

奉寄彭城公　　李　华

公子三千客，人人愿报恩。
应怜抱关者，贫病老夷门。

病骥伏枥，犹恋旧恩。烈士暮年，空悲途远。酬知无地，徒抱敬容残客之嗟，作者其深有感乎？

雨中送客　　崔　曙

别愁复兼雨，别泪还如霰。
寄言海上云，千里长相见。

唐人雨中送客诗，五言律诗中，有“相送情无限，沾襟比散丝”与此前二句相似。后二句，相望不相见，惟海上白云，千里外两人共睹，藉寄怀思。与古诗“隔千里兮共明月”诗意相似。凭虚托想，正友谊之深也。

项羽　　于季子

北伐虽全赵，东归不王秦。
空歌拔山力，羞作渡江人。

全赵句，言项羽奋迹之始，王秦句，言失策之终。后二句之意，千里江东，六朝皆恃作金汤，而盖世之雄，独弃而不顾。宁为玉碎，不作瓦全，懔然强矫之气，千载如生。于短歌对句中，包举其生平，笔力殊劲。

吴声子夜歌　　薛奇童

净扫黄金阶，飞霜皎如雪。
下帘弹箜篌，不忍见秋月。

此与宫怨词之"却下水精帘，玲珑望秋月"词异而意同。彼言下帘望月者，邀静夜之姮娥，伴余独处。此言不忍见月者，怯虚帷之孤影，愁对清辉。皆悱恻之思也。

宿永阳寄璨师　　韦应物

遥知郡斋夜，冻雪封松竹。
时有山僧来，悬灯独自宿。

怀友之作，遣词命意，须因人而施。韦苏州尚有《秋夜寄邱员外》诗云：怀君属秋夜，散步咏凉天。空山松子落，幽人应未眠。与此作皆意境清绝。一则在客中，却寄方外璨师，一则寄山居友人，故皆写寒夜萧寥之景，一洗尘容，知其胸次之高。庚公之友，当亦不俗也。韦喜与高僧往还，又有《怀琅玡二释子》诗云：白云埋大壑，阴崖滴夜泉。应居两石室，月照山苍然。空山夜月，境已清幽，云埋泉滴二句，尤为隽永。

闻雁　　韦应物

故园渺何处，归思方悠哉。
淮南秋雨夜，高斋闻雁来。

韦性高洁，出守江南，筑凝香馆，日以文酒自娱，印累绶苦，非其志也。故在淮南登楼，有“坐厌淮南守，秋山红树多”句，与此诗秋宵闻雁，皆有渊明归去之思。凡客馆秋声，最易感人怀抱。明人诗：一声征雁谁先听，今夜江南我共君。与韦诗有同慨也。

春草宫怀古　　刘长卿

君王不可见，芳草旧宫春。
犹带罗裙色，青青向楚人。

楚宫台榭，久付消沉，废殿遗墟，剩有年年芳草，似依恋楚人，犹学当日宫妃罗裙颜色。彼楚人者，时移代异，安有余哀？谁复踏青荒圃，凭吊故宫耶？此作可称郁伊善感，宜元好问推重其诗也。文房河间人，距湘楚甚远，曾由御史出任鄂州转运留后。春草宫之咏，当作于赴鄂时也。

弹琴　　刘长卿

泠泠七弦上，静听松风寒。
古调虽自爱，今人多不弹。

中郎焦尾之材，伯牙高山之调，悠悠今古，赏音能有几人？况复茂材异等，沉沦于升斗微官；绝学高文，磨灭于蠹蟫断简，岂独七弦古调，弹者无人。文房特借弹琴，以一吐其抑塞之怀耳。

送上人　　刘长卿

孤云将野鹤，岂向人间住。
莫买沃州山，时人已知处。

真能高隐者，贵有坚贞淡定之操，岂捷径终南，所能假借。此作“莫买沃州山”二句，与裴迪送崔九诗“莫学武陵人，暂游桃源里”，皆为充隐者下顶门一针。若饰貌矜情，徒事妆嫫费黛耳。

送灵澈　　刘长卿

苍苍竹林寺，渺渺钟声晚。
荷笠带斜阳，青山独归远。

四句纯是写景，而山寺僧归，饶有潇洒出尘之致。高僧神态，涌现毫端，真诗中有画也。

平蕃曲　　刘长卿

绝漠大军还，平沙独戍闲。

空留一片石，万古在燕然。

裴岑纪功之碣，伏波铜柱之铭，因博取数行残拓，古今来赚尽多少英雄。一将功成万骨枯，诵此诗后二句，开边略远者，果何所图耶？

江行无题（二首）　钱珝

其一

橹慢开轻浪，帆移入暮云。
莫嫌舟似叶，容得庾将军。

前二句状舟行风景。橹轻开浪，帆远入云，描写入细。后二句言扁舟如叶，而中有兼资文武之人。尺泽之中，安见无蛟龙蛰处。姚惜抱诗“江天小阁坐人豪”与此诗同意。曾文正公极称姚句，谓英雄能使江山增重，庾将军亦其人也。

其二

咫尺愁风雨，匡庐不可登。
只疑云雾里，犹有六朝僧。

匡庐秀出南斗，为江介之名山。唐代去六朝未远，当有百岁高僧，在云深林密中，物外翛然，长享灵山甲子。托想殊高。

采莲曲　　刘方平

落日清江里，荆歌艳楚腰。
采莲从小惯，十五即乘潮。

云鬟雾鬓，盈盈正碧玉之年。水佩风裳，采采唱红芙之曲。诗既妍雅，调亦入古。楚腰十五，便解乘潮，犹之十岁胡儿，都能骑马，各从其习尚也。

京兆眉　　刘方平

新作蛾眉样，惟将月里同。
有来凡几日，相效满城中。

堕马新妆，盘龙高髻，闺饰相效之风，历汉唐以来，历明清而勿替。眉图十样，斗巧争妍。此诗咏新月眉痕，满城争学，特举其一端耳。

感怀　　张继

调举时人背，心将静者论。
终年帝城里，不识五侯门。

穷通知命，即朝野齐观。诵其帝城二句，真有“万人如海一身藏”之概。彼曳裾侯门者，固属梯荣躁进；即冠盖满京华，斯人独憔悴，感时咏叹者，亦未离尘相也。

忆旧游　　顾况

悠悠南国思，夜向江南泊。
楚客断肠时，月明枫子落。

顾以诗文名于时。白乐天少时，以诗进谒。极赏其“原上草”一篇，为之延誉。官止著作郎，隐居茅山，累召不起，品学俱高。录此一首，见初唐时诗格之浑朴。

江南曲　　李益

嫁得瞿塘贾，朝朝误妾期。
早知潮有信，嫁与弄潮儿。

湖来有信，而郎去不归，喻巧而怨深。古乐府之借物见意者甚多，如：当门不安横，无复相关意。郎马蹄不方，何处寻郎踪。皆喻曲而有致。此诗其嗣响也。

鹧鸪词　　李　益

湘江斑竹枝，锦翅鹧鸪飞。
处处湘云合，郎从何处归？

此词亦竹枝之类，以有鹧鸪句，遂以命题。前二句，兴体也。后二句，赋体也。皆美人香草之寓言。沈休文诗“梦中不识路”，言梦去之无从。此云“处处湘云合”，言郎归之莫辨。相思无际，寄怀于水重云复之乡，乐府遗音也。

洛桥　　李　益

金谷园中柳，春来似舞腰。
那堪好风景，独上洛阳桥。

洛桥为唐时胜地，风物之美，裙屐之盛，每见于诗歌。此殆留滞洛中，感怀而作。地经前度成惆怅，人对芳晨转寂寥，宜其低回不尽也。

塞下曲（四首）　卢纶

其一

鹫翎金仆姑，燕尾绣蝥弧。
独立扬新令，千营共一呼。

前二句言弓矢精良，见戎容之暨暨。三句状阃帅之尊严。四句状号令之整肃。寥寥二十字中，有军容荼火之观。

其二

林暗草惊风，将军夜引弓。
平明寻白羽，没在石棱中。

此借用李广事，见边帅之勇健。首句林暗风惊，不言虎而如有虎在。李广射虎事，仅言射石没羽，记载未详。夫弓力虽劲，以石质之坚，没镞已属难能，而况没羽。作者特以“石棱”二字表出之，盖发矢适射两石棱缝之中，遂能没羽，于情事始合。卢允言乃读书得闲也。

其三

月黑雁飞高，单于夜遁逃。
欲将轻骑逐，大雪满弓刀。

前二首仅闲叙军中之事，此首始及战事。言兵威所震，强虏远逃。月黑雁飞，写足昏夜潜遁之状。追奔逐者，宜发轻骑蹑之。而弓刀雪满，未得穷追，见漠北之严寒，防边之不易也。

其四

野幕敞琼筵，羌戎贺劳旋。
醉和金甲舞，雷鼓动山川。

此首似与三首相接。边氛既扫，乃宏开野幕，饷士策勋。醉余起舞，金甲犹擐，击鼓其镗，雷鸣山应。玉关生入，不须醉卧沙场矣。唐人善边塞诗者，推岑嘉州。卢之四诗，音词壮健，可与抗手。宜其在大历十子中，与韩翃、钱起齐名也。

婕妤怨（二首）　皇甫冉

其一

花枝出建章，凤辇发昭阳。
借问承恩者，双蛾几许长？

建章昭阳之间，粉白黛绿，夹辇而趋，承恩者不知凡几。自问蛾眉淡扫，颜色亦不后于人，而顿殊枯菀。彼荷宠邀荣者，等于恒人，未必长蛾胜人几许。承恩不在貌，信乎命之不齐也。

其二

长信多秋草，昭阳借月华。
那堪闭永巷，闻道选良家。

长信则秋草丛生，昭阳惟月华遥望。永巷沉沦，方嗟命薄，忽听斜封墨敕，又选良家。沉沉宫禁，误尽婵娟。他时类我者，不知几辈。推己及人，相怜相恤，能无长太息耶？

金陵怀古　　司空曙

辇路江枫暗，宫朝野草春。
伤心庾开府，老作北朝人。

表圣为唐末遗民。此诗前二句，辇路宫朝，本荡平之皇道，乃一则江枫凄暗，一则野草丛生，殊有黍离麦秀之悲。此诗当是易代后所作，借兰成以自况。北去萧综，惟闻落叶；南来苻郎，只见江流。文人之沦落天涯者，宁独哀江南一赋耶？

送卢秦卿　　司空曙

知有前期在，难分此夜中。
无将故人酒，不及石尤风。

别酒殷勤，难留征棹，转不若石尤风急，勒住行舟。凡别友者，每祝其帆风相送，此独愿石尤阻客，正见其恋别情深也。

汉宫曲　　韩　翃

绣幕珊瑚钩，香闺翡翠楼。
深情不肯道，娇倚钿箜篌。

此诗纯写宫中景物，惟三句“深情”二字，略见本意，而承以“不肯道”三字，则此句亦是虚写。韩翃为晚唐诗家，此作言汉宫之富丽，宫怨之低回，以含浑出之，欢愁两不着，在宫词中别是一格。

江行　　柳中庸

繁阴乍隐洲，落叶初飞浦。
萧萧楚客帆，暮入寒江雨。

凡纯是写景之诗，贵有远韵余味，方耐吟讽。此作前二句写秋容暗淡。后二句之意，江天暮雨，遥望客帆，当有去国怀乡之士，在孤舟摇曳中，听乌篷寒雨，感极而悲者。寓情于景，不仅写楚江烟雨也。

题三闾大夫庙　　戴叔伦

沅湘流不尽，屈子怨何深。
日暮秋风起，萧萧枫树林。

前二句之意，与少陵咏八阵图“江流石不转”句，皆咏昔贤遗恨，与江水俱长。因前二句已质言之，故后二句仅以秋声枫树，为灵均传哀怨之声，其传神在空际。王阮亭《题露筋祠》诗“门外野风开白莲”，不着迹象，为含有怀古苍凉之思，与此诗同意。

关山月　　戴叔伦

一雁过连营，繁霜覆古城。
胡笳在何处，半夜起边声。

题为“关山月”，则营边鸣雁，城上严霜，皆月中之所闻所见。当塞外早寒，月皎霜清之际，况闻呜咽笳声。诗虽虚写，不言闻笳之人，而李白《登受降城》诗“不知何处吹芦管，一夜征人尽望乡”诗意，自在言外。李陵答苏武书云：胡笳夜动，边声四起，只增忉怛。此诗三四句，即此意也。

送人往金华　　严　维

明月双溪水，清风八咏楼。
少年为客处，今日送君游。

凡人昔年屐齿所经，积久渐忘。忽逢故友，重履前尘，遂使钩游陈迹，一一潮上心头。陈迦陵寄冒巢民书云：钵池夜雨，水绘朝烟，历历前游，都萦怀抱。人情恋旧，大抵相同。作者回首当年，双溪打桨，八咏登楼，宜有桑下浮屠之感也。

题竹林寺　　朱　放

岁月人间促，烟霞此地多。
殷勤竹林寺，更得几回过。

尘寰营扰，倏忽中觉岁急于梭。山寺清幽，寂静中便日长如岁。此二句理想颇高。竹林胜地，诚可留恋，惜浮生碌碌，再来能有几回。凡览胜登临者，每有此想。但人生万事当前，少焉视之，已化为古，宁独竹林往迹为可惜耶？

长沙驿　　柳宗元

海鹤一为别，存亡三十秋。
今来数行泪，独上驿南楼。

一死一生，乃见交情，况历三十年之久，重过南楼。历历前程，行行老泪，山阳闻笛之情，马策西州之恸，无以过之。知子厚笃于朋友之伦矣。

江雪　　柳宗元

千山鸟飞绝，万径人踪灭。
孤舟蓑笠翁，独钓寒江雪。

空江风雪中，远望则鸟飞不到，近观则四无人踪。而独有扁舟渔父，一竿在手，悠然于严风盛雪间。其天怀之淡定，风趣之静峭，子厚以短歌，为之写照。子和《渔父词》所未道之境也。

罢和州游建康　　刘禹锡

秋水清无力，寒山暮多思。
官闲不计程，遍上南朝寺。

首句“无力”二字，状秋水殊精。唐人诗中，善用“无力”二字者，如“柳条无力魏王堤”，“侍儿扶起娇无力”，为其能状弱柳及浴后倦态也。梦得由集贤学士出宦江左，适罢和州，遂遍赏南朝山寺之楼台烟雨。旋官苏州刺史，以报最，内擢京职，未尝以遨游废政。此诗作于游建康时。梦得有《金陵怀古》诗，白乐天推为探骊得珠，或亦在建康时作也。

淮阴行　　　刘禹锡

隔浦望行船，头昂尾幰幰。
无奈挑菜时，清淮春浪软。

首句“望行船”，周益公诗话作“隔浦望郎船”。此诗为思妇送郎口吻，则从诗话作“望郎船”，意较明显。首二句言郎船已过别浦，但远见船之首尾低昂，可见其临波凝望之久。后二句言，问其时则挑菜良辰，览其景则清波春软，芳时惜别，尤情所难堪。宜黄山谷谓“淮阴行，情调殊丽也”。

秋风引　　　刘禹锡

何处秋风至，萧萧送雁群。
朝来入庭树，孤客最先闻。

四序迭更，一岁之常例。惟乍逢秋至，其容则天高日晶，其气则山川寂寥，别有一种感人意味，况天涯孤客，入耳先惊，能无惆怅？苏颋之汾上惊秋，韦应物之淮南闻雁，皆同此感也。

玉台体　　权德舆

昨夜裙带解，今朝蟢子飞。
铅华不可弃，莫是藁砧归？

此诗写闺中望远之思。观第三句，当其未占吉兆，当有“岂无膏沐，谁适为容”之感。忽喜罗裙夜解，蟢子朝飞，倘谚语之有征，必佳期之可待。遂尔亲研螺黛，预贮兰膏，一时愁喜，并上眉尖，有盘龙玉镜，留待郎归之望。作者曲体闺情，金荃之隽咏也。

古别离　　孟　郊

欲别牵郎衣，郎今向何处？
不恨归来迟，莫向临邛去。

女子善怀，当良人远役，不在归计之稽迟，而在同心之固结。但使垆头沽酒，勿学相如。犹之驻马章台，勿攀杨柳。若看云步月，彼此同怀，则锦衾角枕，独旦良甘。否则扁舟归日，别载西施，枉劳卜镜占钱，宁非虚愿。含情无际，皆在牵衣数语中也。

远别离

令狐楚

玳织黄金屦，金装翡翠簪。
畏人相借问，不拟到城南。

题既云“远别离”，宜铅华不御，深闷芳踪。乃前二句金屦翠簪，炫妆丽服，何为其然耶？故三句接以畏人相问，不敢至城繁盛之区，颇似朱竹垞咏履词“假饶无意把人看，又何用明金压绣”。作者其借以寓讽耶？

思君恩

令狐楚

小苑莺歌歇，长门蝶舞多。
眼看春又去，翠辇不曾过。

凡作宫闱诗者，每借物喻怀，词多幽怨。此作仅言翠辇不来，质直言之，有初唐浑朴之格。殆以题为“思君恩”，故但念旧恩，不言幽恨也。

从军行（二首）　　张　籍

其一

暮雪连青海，阴云覆白山。
可怜班定远，生入玉门关。

其二

却望冰河阔，前登雪岭高。
征人几多在，又拟战临洮。

第一首前二句，言塞外阴寒之状，后二句，绝域班超，竟得玉门生入，乃不曰可喜，而曰可怜。意谓定远固功成归国，彼碛中三十万征人，生还者有几。言外为之深慨也。第二首言既涉冰河，又登雪岭，从军者愈行愈远，已嗟征戍之劳。频年战伐，精锐销亡，乃军符忽下，又趋战临洮。瘏马残兵，宁堪再战。二诗皆为久役者悲也。

闺人赠远　　王　涯

花明绮陌春，柳拂御沟新。
为报辽阳客，流光不待人。

当此柳媚花明，春光辜负，固不待言。所郑重报君者，征人塞外，念客鬓之加苍；少妇楼头，感芳年之易老。亲裁尺素之书，早唱刀环之曲，情见乎词矣。

春闺思　　张仲素

袅袅边城柳，青青陌上桑。
提笼忘采叶，昨夜梦渔阳。

五言绝句中，忆远之诗，此作最为入神。从《诗经》"采采卷耳，不盈倾筐。嗟我怀人，寘彼周行"点化而来，遂成妙语，令人揽挹不尽。

南浦别　　白居易

南浦凄凄别，西风袅袅秋。
一看肠一断，好去莫回头。

首句凄凄南浦，为江淹恨别之乡。次句袅袅西风，乃宋玉悲秋之际。寄语征人，不若掉头竟去，强制离情，差胜于留恋长亭，赢得相看肠断也。皇甫曾《送友》诗云：相望知不见，终是屡回头。一言行者好去莫回头，一言送行者屡回头，皆情至之语。

勤政楼西柳　　白居易

半朽临风树，多情立马人。
开元一株柳，长庆二年人。

四句皆作对语，而不异单行，由于语气贯注也。首二句言，勤政楼乃当日旌旗拂露、紫禁朝天之地，今衰柳临风，驻马徘徊，怆然怀旧。后二句言，自开元至长庆，岁月悠悠，其间国运之隆替，耆旧之凋零，等于无痕春梦。剩有当年垂柳，依依青眼，阅尽沧桑。诗仅言开元之树，长庆之人，不着言诠，而含凄无限也。

问刘十九　　白居易

绿蚁新醅酒，红泥小火炉。
晚来天欲雪，能饮一杯无？

寻常之事，人人意中所有，而笔不能达者，得生花江管写之，便成绝唱。此等诗是也。即以字面论，当天寒欲雪之时，家酿新熟，炉火生温，招素心人清谈小饮，此境正复佳绝。末句之“无”字，妙作问语，千载下如闻声口也。

西还　　白居易

悠悠洛阳梦，郁郁灞陵树。
落日正西归，逢君又东去。

首句谓洛阳作客，前梦悠悠，言己之东游也。次句谓前望灞陵，平林郁郁，言己之西还也。辛苦归来，方冀与故人乐共晨夕，乃我甫西还，君又东去。盼驱蛩之相倚，忽劳燕之分飞，马上相逢，能无怅怅。诗仅言我还君去，而离情旅思，皆于诗外见之。

玉树后庭花　　张　祜

轻车何草草，犹唱后庭花。
玉座谁为主，徒悲张丽华。

首二句言当日玉车轻幰，草草风花，只余玉树艳歌，在清樽檀板之场，留其哀怨。后二句言玉座陈宫，几经易主。后主不能承其帝业，手掷金瓯，宜后人不哀其亡国，而为张丽华悲。儿女江山，齐声一叹也。

江南逢故人　　张　祜

河洛多尘事，江山半旧游。
春风故人夜，又醉白蘋洲。

诗因逢故人而作，宜为喜慰之词。乃观其前二句，殊有低徊之感。首句言洛中羁泊，尘事多端，匆匆已为陈迹。次句言花月江东，半是旧游之地，过江春燕，犹认巢痕。后二句言，且喜春风良夜，与故人把臂，同醉蘋洲。回首当年，微波踏洛水之尘，听曲泛秦淮之棹，酒阑话旧，不觉悲喜交乘矣。

春情　　张　起

画阁余寒在，新年旧燕飞。
梅花犹带雪，未得试春衣。

此诗设色纤秾，托思绵邈，齐梁之精品也。诗句皆咏春寒，而诗题标曰“春情”，可见诗句皆含情思矣。首句之意，画阁乃凝妆之地，宜晴日和风，而言余寒尚在，似怅春色之迟也。二句之意，新年当明媚之辰，宜梁燕双栖，而言旧燕还飞，似萦怀旧之思也。三句之意，梅花占众艳之魁，而犹带残雪，似感芳时之冷落也。四句之意，巢燕已归，而春衣未试，其因清寒料峭，尚怯罗衣耶？抑幽绪盈怀，慵施针线耶？诗题既曰“春情”，或因春至而关情，或以情重而怨春，作者特縹缈其词，自成其好句耳。

小院　　唐彦谦

小院无人处，烟斜月转明。
清宵易惆怅，不必有离情。

人之闲恨闲愁，其来无自。场临广武，则凭吊英雄；宫过咸阳，则追怀故国；访贞娘之墓，叹息婵娟；经宋玉之居，兴嗟词客。其实皆悠悠陈迹，而言愁欲愁，亦如此诗之小院月明，无端惆怅，非必有离情暗恨也。近人听雨诗：明知关我心何事，只是撩人梦不成。颇与此诗同意。

题水西寺　　杜　牧

三日去还住，一生焉再游。
含情碧溪水，重上粲公楼。

首二句言欲去还留，恐胜游之不再，与朱放《题竹林寺》云“殷勤竹林寺，更得几回过”诗意极相似。但朱诗言再来不易，即截然而止；杜诗后二句，更申其意，谓碧溪无情之水，若为我含情，登临吟眺，余兴未尽，乃更上高楼，写足其恋恋之意。小杜之随处多情，宜其重过扬州，低回不置也。

寄远　　杜　牧

只影随惊雁，单栖锁画笼。
向春罗袖薄，谁念舞台风。

前二句皆以鸟喻人。首句指远人而言，谓书笈长征，随惊鸿而独去。次句自喻，谓雕笼深锁，类羁羽之难飞。后二句谓风多寒重，舞袖春单，谁念此憔悴姬姜，为筑避风台耶？不从忆远着笔，而言己之无人怜惜，冀动远人之听，早整归鞭也。

江楼　　杜　牧

独酌芳春酒，登楼已半醺。
谁惊一行雁，冲断过江云。

以“独酌”二字开篇，知其后二句之惊寒断雁，乃喻独客之飘零。赵嘏《寒塘》诗云：晓发梳临水，寒塘坐见秋。乡心正无限，一雁过南楼。则明言见雁而动乡心。此二诗皆因雁写怀，有寥落之思也。

登乐游原　　李商隐

向晚意不适，驱车登古原。
夕阳无限好，只是近黄昏。

诗言薄暮无聊，藉登眺以舒怀抱。烟树人家，在微明夕照中，如天开图画。方吟赏不置，而无情暮景，已逐步逼人而来。一入黄昏，万象都灭。玉溪生若有深感者。莺花楼阁，石季伦金谷之园；锦绣江山，陈后主琼枝之曲。弹指兴亡，等斜阳之一瞥。夫阴阳昏晓，乃造物循例催人，无可避免。不若趁夕阳余暖，少驻吟筇。彼赵孟之视荫，徒自伤怀。且咏“人间重晚晴”句，较有清兴耳。

滞雨　　李商隐

滞雨长安夜，残灯独客愁。
故乡云水地，归梦不宜秋。

首二句不过言独客长安，孤灯听雨耳。诗意在后二句。谓故乡为云水之地，归梦迢遥，易为水重云复所阻。即沈休文诗“梦中不识路，何以慰相思”之意。况多秋雨，则归梦更迟。因听雨而忆故乡，因故乡多雨，而恐归梦之不宜，可谓诗心幽邈矣。黄仲则诗“秣陵天远不宜秋”，殆本此意。

散关遇雪　　李商隐

剑外从军远，无人与寄衣。
散关三尺雪，回梦旧鸳机。

此玉溪生悼亡之意也。昔年砧杵西风，恐寒到君边，征衣先寄。今则客子衣单，散关立马，风雪漫天，回首鸳鸯机畔，长簟床空。当日寒闺刀尺，怀远深情，徒萦梦想耳。

碧涧驿晓思　　温庭筠

孤灯伴残梦，楚国在天涯。
月落子规歇，满庭山杏花。

诗言楚江客舍，残梦初醒，孤灯相伴，其幽寂可想。迨起步闲庭，斜月西沉，子规啼罢，其时群嚣未动，惟见满庭山杏，挹晨露而争开。善写晓天清景。飞卿尚有《咏春雪》诗云：三月雪连夜，未应伤物华。只缘春欲尽，留着伴梨花。言春暮之雪，与梨花相似相伴外，初无余义，不若晓思诗之格高味永也。

夕阳　　陆龟蒙

渡口和帆落，边城带角收。
如何茂陵客，江上倚危楼。

夕阳风景，最易感人。首二句言征帆卸影，野渡停桡，画角低声，边军归帐，皆写薄暮之景。用“落”字“收”字，帆影角声，与夕阳夹写，就闻见所及，体物工妙。上二句用对句起，已写足夕阳。乃推进一层，言以茂陵之词客，登江上之高楼，暮色苍凉，旅怀摇落，独倚危阑，觉乱愁无次也。

乐府　　皮日休

宝马跋尘光，双驰照路旁。
喧传报戚里，明日幸长杨。

一条软绣天街，遥见滚尘双骑驰来，雕鞍玉勒，照眼生辉。夹道朱门，非樊重之家，即王根之宅。道路喧传：至尊将于明日游幸长杨，故双骑驰报贵家以备侍从。诗境所言止此，而当日京都之繁盛，宸游之娱乐，车骑之辉煌，戚里之荣宠，皆含诗内，如展《清明上河图》一角也。

效崔国辅体　　韩　偓

雨过碧苔院，霜来红叶楼。
闲阶上斜日，鹦鹉伴人愁。

前二句言碧苔深院，因雨洗而碧愈润；红叶高楼，因霜饱而红更酣。如此幽丽之地，而伊人独处。后二句言黄昏渐近，斜阳在砌，寸寸而移，此时院静无人，惟有闷寻鹦鹉，同说无聊。诗系效崔国辅体，其窈窕怀人之意，颇似崔之《怨词》及《王孙游》诸作也。

秋日　　耿　沣

返照入闾巷，忧来谁与语。
古道无人行，秋风动禾黍。

往者麦秀之歌，黍离之什，乃采蕨遗民，过旧京而凭吊，宜其音之哀以思也。作者于千载下，望古遥集，百忧齐来。诗言夕阳深巷之中，抑郁更谁共语。乃出游以写忧，但见古道荒凉，寂无人迹，往日之楚存凡丧，项灭刘兴，以及钟鸣鼎食之家，璧月琼枝之地，都付与水逝云飞。所余残状，惟禾黍高低，在西风落照中，动摇空翠。可胜叹耶？

听筝　　李　端

鸣筝金粟柱，素手玉房前。
欲得周郎顾，时时误拂弦。

此诗能曲写女儿心事。银筝玉手，相映生辉，尚恐未当周郎之意，乃误拂冰弦，以期一顾。夫梅瓣偶飞，点额效寿阳之饰；柳腰争细，息肌服楚女之丸。希宠取怜，大率类此，不独因病致妍以贡媚也。

送王司直　　皇甫曾

西塞云山远，东风道路长。
人心胜潮水，相送过浔阳。

江潮西上，至浔阳而止。故诗言潮有终止之地，而离心一片，飞逐征帆，比江潮更远。顾况诗云：近得麻姑书信否，浔阳江上不通潮。近人柳枝诗云：多少愁心上楼角，江潮同至不同消。皆以潮喻情怀，各有思致。而愁心楼角句，尤耐微吟也。

淮口寄赵员外　　皇甫曾

欲逐淮潮上，暂停鱼子沟。
相望知不见，终是屡回头。

诗写清淮别友，无限离情。行者已帆开天末，送者自崖而返，明知曲终人远，尚几度回头，真觉魂销南浦矣。温飞卿诗：过尽千帆皆不是，斜晖脉脉水悠悠。一盼其归，一送其去，同是相思相望之情。李玉溪诗：直道相思了无益，未妨惆怅是清狂。自知无益，而惆怅依然，即百遍回头之意也。

春怨　　金昌绪

打起黄莺儿，莫教枝上啼。
啼时惊妾梦，不得到辽西。

此等诗，虽分四句，实系一事，蝉联而下，脱口一气呵成。五七绝中，如“松下问童子”诗，“君自故乡来”

诗，“少小离家老大回”诗，纯是天籁，唐诗中不易得也。

塞下曲　　　　许　浑

夜战桑干北，秦兵半不归。
朝来有乡信，犹自寄寒衣。

自昔边患，以汉唐为多。唐代回纥、吐蕃，迭扰西北，尤征戍频繁。诗言沙场雪满，深夜鏖兵，迨侵晓归营，损折已近半数。而秦中少妇，犹预量寒意，远寄衣裘，不知梦里征人，已埋骨桑干河畔矣。若张籍诗“欲祭疑君在”，韦庄诗“犹是春闺梦里人”，则全军皆没，诗尤沉痛。若沈如筠诗云：雁尽书难寄，愁多梦不成。愿随孤月影，流照伏波营。虽离情无际，胜于死别吞声也。

题慈恩寺塔　　　　荆　叔

汉国山河在，秦陵草木深。
暮云千里色，无处不伤心。

此与王之涣《登鹳雀楼》诗，同是登高之作，以对句起，以单句收，格调极相似。但王系写景，此乃感怀。首二句与少陵《春望》诗“国破山河在，城春草木深”字句略同。荆诗虽言处处伤心，仅远怀秦汉；少陵则乱后伤春，意尤深切也。

湘竹词　　施肩吾

万古湘江竹，无穷奈怨何。
年年长春笋，只是泪痕多。

赋湘竹者，大都言竹上泪痕不灭，为湘君悲耳。竹由笋成，诗乃由笋着笔，言百卉皆随春转，万绿更新，惟此湘竹，虽岁岁新芽怒发，而万箨千枝，一一皆有泪痕，不随气候而转移，不以岁之久，竹之多，而减其斑迹。乃写足第二句之意。言湘君无穷之怨，历千古而不灭。犹屈子之怨，为沅湘所流不尽也。

偕夫游秦　　王韫秀

路扫饥寒迹，天哀志气人。
休零离别泪，携手入西秦。

韫秀为元振之妻。诗首句言，此去所经之路，若骅骝开道，举往昔饥寒之迹，扫荡而前。次句承上句之意，言世莫已知，幸有天心，当哀我誓扫饥寒之志气，挽颓运而履康衢。三四谓勿以离乡远役，别泪沾巾，且携手而揽秦地山川，同心并力，百挫毋惮。此诗英词壮志，以弱女子而有终军弃繻、司马题桥之概。其后元振虽蹈厉功名，而相业不终，负此闺中人之长图大念也。

沙上鹭　　张文姬

沙头一水禽，鼓翼扬清音。
只待高风便，非无云汉心。

文姬为鲍参军妻，借咏鹭以见藏器待时之志，殆为参军勉也。诗言勿谓沙洲白鹭，风餐水宿，将终老江湖，但观其扬音鼓翼，意态正复不凡，一遇高风，即扶摇而上，不让得路鹓鸿，云霄先翥。此与王韫秀偕夫入秦诗，皆有高旷之致，一洗庸脂俗粉也。

溪口云　　张文姬

溶溶溪口云，才向溪中吐。
不复归溪中，还作溪中雨。

诗言溪中水气，蒸化为云，既腾上天空，当不得更归溪内，而酿云成雨，仍落溪中。雨复化水，水更生云，云水循环而不穷。可见无往不复，不生不灭，名理即禅机也。以诗格论，如游九曲武夷，一句一转，愈转愈深。以音节论，颇近汉魏古诗。在诗家集中，亦称佳咏。出自闺秀，可谓难能。

啰唝曲　　刘采春

不喜秦淮水，生憎江上船。
载儿夫婿去，经岁复经年。

沈归愚评此诗，谓不喜、生憎，经岁、经年，重复可笑，的是儿女子口角。余谓故意重复，取其姿势生动，固合歌曲古逸之趣。且其重复，皆有用意：首二句言不喜秦淮水与生憎江上船者，乃因水与船之无情，为第三句张本。故接续言无情之船与水，竟载夫婿去矣。第四句经岁复经年，即年复一年，乃习用之语，极言分离之久，已历多年。虽用重复字，而各有用意。其第二首云：那年离别日，只道住桐庐。桐庐人不见，今得广州书。言书札偶传，行踪无定也。第三首云：莫作商人妇，金钗当卜钱。朝朝江上望，错认几人船。言凝盼归舟，眼为心乱也。三首中，先言分袂之情，第二首言客踪所在，第三首言盼归之切，情词既美，章法亦秩然。

哥舒歌　　西鄙人

北斗七星高，哥舒夜带刀。
至今窥牧马，不敢过临洮。

诗三百篇，无作者姓氏，天怀陶写，不以诗鸣，而诗传千古。三代下惟恐不好名，汉魏以降，诗家林立矣。汉初，戚夫人善歌出塞入塞之曲，惜其词不传。此西鄙之人，姓氏湮没，而高歌慷慨，与“敕勒川，阴山下”之歌，同是天籁。如风高大漠，古戍闻笳，令壮心飞动也。首句排空疾下，与卢纶之“月黑雁飞高”皆工于发端，惟卢诗含意不尽，此诗意尽而止，各极其妙。

答人　　太上隐者

偶来松树下，高枕石头眠。
山中无历日，寒尽不知年。

岁月者，以之纪万端人事也。太上隐者，不知何许人，削迹荒崖，自甘沦灭。修短听诸造物，富贵等于浮云，家室视同逆旅，将欲掷世界于陶轮而外，则岁月往来，与我何预。不知有汉，无论晋魏。偶在松阴深处，枕石高眠，若枯木残僧，悠然入定。无日亦无时，去来今不计也。刘后村诗：村叟无台历，梅开认小春。可称高致。今观隐者之诗，觉着意梅开，尚有迹象也。

题玉溪　　湘驿女子

红树醉秋色，碧溪弹夜弦。
佳期不可再，风雨渺如年。

首二句词采清丽，音节入古。后二句言回首佳期，但觉沉沉风雨，绵渺如年。叹胜会之不常耶？怅伊人之长往耶？唐人五绝中，有安邑坊女子幽恨诗云：卜得上峡日，秋江风浪多。江陵一夜雨，肠断木兰歌。与此诗皆出女郎声口，感余心之未宁，溯流风而独写，如闻阳阿激楚之洞箫也。

诗境浅说续编二

七言绝句

送梁六　　张　说

巴陵一望洞庭秋，日见孤峰水上浮。
闻道神仙不可接，心随湖水共悠悠。

首句言送梁六之地。次句孤峰浮水，指君山而言。后二句言，洞庭乃龙女神灵之地，仙踪已渺，惟余湖水悠悠。与崔颢之“黄鹤一去不复返，白云千载空悠悠”意境相似。格调虽高，于送友无涉。张为初唐能手，当不作此宽泛之诗。盖友谊有深浅，诗意殆因洞庭秋望而作，兼及送友，犹李白《渡荆门送别》诗，全首皆言荆江风景，惟末句始言送别。此诗言烟波浩渺中，神仙既不可接，客帆亦天际迢遥。末句之悠悠凝望，即送别之心也。

边词　　张敬忠

五原春色旧来迟，二月垂杨未挂丝。
即今河畔冰开日，正是长安花落时。

凡作边词者，每言塞外春迟，而各人诗笔不同。此诗言时已二月，而柳条未泄春光，迨长河冰解，长安已处处飞花。极言气候之不齐，语颇质直。若王之涣诗：羌笛何须怨杨柳，春风不度玉门关。推为绝调，传遍旗亭。吴兆骞诗：马后桃花马前雪，出关争得不回头。为《秋笳集》中第一。此二诗皆言绝域春寒，情词并美，突过前人。然张诗自有初唐质朴之气。

春日思归　　王　翰

杨柳青青杏发花，年光误客转思家。
不知湖上菱歌女，几个春舟在若耶。

诗言客中春色，已杏柳争妍。而耽误年光，欲归不得。遥想若耶溪畔，当有搴芳女伴，向绿波春水，争荡轻舟。绮绪乡愁，一时并集矣。明人诗：不待东风不待潮，渡江十里九停桡。不知今夜秦淮水，绿到扬州第几桥。同是春日怀归，同于第三句以“不知”作疑问之词，而风致夷犹，较王诗尤为擅胜。唐初诗与后贤相较，此类甚多，时代文质之分也。

凉州词　　王　翰

葡萄美酒夜光杯，欲饮琵琶马上催。
醉卧沙场君莫笑，古来征战几人回。

诗言强胡压境，杖策从军，判决生死之锋，悬于顶上，何不及时为乐。檀柱拨伊凉之调，玉杯盛琥珀之光，拼取今宵沉醉。君莫笑其放浪形骸，战场高卧，但观白草萦骨，黄沙敛魂，能玉关生入者，古来有几人耶？唐人出塞诗，如归马营空，春闺梦断，已满纸哀音。此于百死中，姑纵片时之乐，语尤沉痛。

结袜子　　李　白

燕南壮士吴门豪，筑中置铅鱼隐刀。
感君恩重许君命，泰山一掷如鸿毛。

乐府盛于汉魏，沿及江左，西曲南弄，古意寝微。太白此作，悲壮挺崛，犹有乐府遗风。首二句用荆高专诸事。后二句言，生命重于泰山，不轻为人许，感君恩重，愿为知己用，遂一掷等于鸿毛。声情抗健，可作游侠传赞语。

长门怨　　李　白

桂殿长愁不计春，黄金四壁起秋尘。
夜悬明镜秋天上，独照长门宫里人。

首二句桂殿秋与春对举者，言含愁独处，但见秋之萧瑟，不知有春之怡畅也。次句言四面黄金涂壁，华贵极矣，而流尘污满，则华贵于我何预，只益悲耳。后二句言月镜秋悬，照彻几家欢乐，一至寂寂长门，便成独照，不言怨而怨可知矣。

越中怀古　　李　白

越王勾践破吴归，战士还家尽锦衣。
宫女如花满春殿，只今惟有鹧鸪飞。

咏勾践平吴事，振笔疾书，其异于平铺直叙者，以真有古茂之致，且末句以“惟有”二字，力绾全篇，诗格尤高。前三句言平吴归后，越王固粉黛三千，宫花春满，战士亦功成解甲，昼锦荣归。曾几何时，而霸业烟消，所余者惟三两鹧鸪，飞鸣原野，与夕阳相映耳。彼前胥后种，悲其往事，犹怒涌江潮，果何为耶？

送孟浩然之广陵　　李　白

故人西辞黄鹤楼，烟花三月下扬州。
孤帆远影碧空尽，惟见长江天际流。

送行之作伙矣，莫不有南浦销魂之意。太白与襄阳，皆一代才人，而兼密友，其送行宜累笺不尽。乃此诗首二句，仅言自武昌至扬州。后二句叙别意，言天末孤帆，江流无际，只寥寥十四字，似无甚深意者。盖此诗作于别后，襄阳此行，江程迢递。太白临江送别，直望至帆影向空而尽，惟见浩荡江流，接天无际，尚怅望依依，帆影尽而离心不尽。十四字中，正复深情无限。曹子建所谓“爱至望苦深”也。

春夜洛阳闻笛　　李　白

谁家玉笛暗飞声，散入东风满洛城。
此夜曲中闻折柳，何人不起故园情。

春宵人静，闻笛韵悠扬，已引人幽绪。及聆其曲调，为阳关折柳，不禁黯然动乡国之思。昔柳依依送客，为唱阳关三叠。翠袖支颐，红牙按拍，觉怨入落花。当其境者，固辄唤奈何；闻其声者，亦不胜离思也。释贯休《闻笛》诗云：霜月夜徘徊，楼中羌笛催。晓风吹不尽，江上落残梅。同是风前闻笛，太白诗有磊落之气，贯休诗得蕴藉之神。大家名家之别，正在虚处会之。

峨眉山月歌　　李　白

峨眉山月半轮秋，影入平羌江水流。
夜发青溪向三峡，思君不见下渝州。

以秋宵之残月，映青峭之峨眉，江上停桡，风景幽绝。无奈轻舟夜发，东下巴渝，回看斜月沉山，思君不见，好山隔面，等于良友分襟也。咏峨眉山月之诗，如：青衣江上水溶溶，隔岸遥闻戒夜钟。间倚竹床听梵放，月华刚到第三峰。神韵悠然，王渔洋最赏心者。峨眉山在汉嘉之青衣江畔，即李诗之青溪。陆放翁《望峨眉》诗：白云堕我前，心目久荡漾。诗人之眷恋名山，有如是者。

横江词　　　　李　白

横江馆前津吏迎，向余东指海云生。
郎今欲渡缘何事，如此风波不可行。

横江词，即子夜歌之类。美人香草，皆词客之寓言。诗谓在横江馆前，送郎远役。正清泪盈怀之际，津吏来报，东望海天云起，将有疾风。如此险恶风波，郎将焉往？语云：公毋渡河，公竟渡河。愿为郎诵之。诗固代女郎致殷勤临别之词，而诗外微言，喻名利驰逐之地，人哄而路不平。人情险巇，等于连云蜀栈，亦如涉江者，犯风浪而进舟。太白之寄慨深矣。

下江陵　　　　李　白

朝辞白帝彩云间，千里江陵一日还。
两岸猿声啼不住，轻舟已过万重山。

四渎之水，惟蜀江最为迅急。以万山紧束，地势复高，江水若建瓴而下，舟行者帆橹不施，疾于飞鸟。自来诗家，无专咏之者，惟太白此作，足以状之。诵其诗，若身在三峡舟中，峰峦城郭，皆掠舰飞驰。诗笔亦一气奔放，如轻舟直下。惟蜀道诗多咏猿啼，李诗亦言两岸猿声。今之蜀江，猿声绝少，闻猱玃皆在深山，不在江畔。盖今昔之不同也。

与贾舍人至泛洞庭　　李　白

洞庭西望楚江分，水尽南天不见云。
日落长沙秋色远，不知何处吊湘君。

楚江怀古者，湘君最艳称往史，词客每以入咏。此诗写景皆空灵之笔，吊湘君亦幽邈之思，可谓神行象外矣。诗与贾舍人至，同游而作。舍人亦有《与李十二泛洞庭》诗云：枫岸纷纷落叶多，洞庭秋水晚来波。乘兴轻舟无远近，白云明月吊湘娥。前人谓其末句，翻太白案。沈归愚云：白云明月，仍是李诗之不知何处，未尝翻案。沈说诚然。但李贾皆唐代名手，长沙怀古，凡屈宋之余韵，贾傅之承尘，皆堪追慕，何以二人必同咏湘灵，格调亦相似？岂同舟挥翰，各不相谋，而所见略同耶？

望天门山　　李　白

天门中断楚江开，碧水东流至此回。
两岸青山相对出，孤帆一片日边来。

大江自岷山来，与金沙江合，凤舞龙飞，东趋荆楚，至天门稍折而北。山势中分，江流益纵，遥见一白帆痕，远在夕阳明处。此诗赋天门山，宛然楚江风景。前录《下江陵》诗，宛然蜀江风景。能手固无浅语也。

陌上赠美人　　李　白

白马骄行踏落花，垂鞭直拂五云车。
美人一笑褰珠箔，遥指红楼是妾家。

当紫陌春浓之际，策骏马而过，适道左有五云车过，误拂鞭丝。乃车中美人，不生薄愠，翻致微辞，谓遥看一角红楼，即妾家住处。若谓门前垂柳，何妨暂系青骢。与崔颢《长干曲》之妾住在横塘，皆萍絮偶逢，即示以香巢所在，其慧眼识人耶？抑诗人托兴耶？以青莲之豪迈，而作此侧艳之词，殆如昌黎之玉钗银烛，未免有情也。

闺怨　　王昌龄

闺中少妇不知愁，春日凝妆上翠楼。
忽见陌头杨柳色，悔教夫婿觅封侯。

诗谓少妇天怀憨稚，未解闲愁。弧矢四方，乃男儿所当务。值春风扇和，依然扫黛凝妆，登翠楼而凭眺。忽见陌头柳色青青，春光容易，始悔令浪游夫婿，轻挂离帆，贪觅封侯之印，致抛同梦之诗。凡闺侣伤春，诗家所习咏。此诗不作直写，而于第三句以“忽见”二字，陡转一笔，全首皆生动有致。绝句中每有此格。

听流人水调子　　王昌龄

孤舟微月对枫林，分付鸣筝与客心。
岭色千重万重雨，断肠收与泪痕深。

首二句言夜寒淡月，枫叶萧森，正客心孤迥之时，听流人歌水调，境殊凄异。后二句运以深湛之思，谓断肠人之深悲，不啻将千万重之雨，一一收与泪痕，其悲宁可量耶？后主词云：问君能有几多愁，恰似一江春水向东流。江水量愁，泪痕收雨，皆以透纸之力写之。

梁苑　　王昌龄

梁园秋竹古时烟，城外风悲欲暮天。
万乘旌旗何处在，平台宾客有谁怜。

自昔名藩好士，东箭南金，妙一时之选。如河间献王之筑君子馆，惟梁苑多才，差堪方美。当日邹枚上客，席月横琴，抽毫咏雪，望之何异登仙。乃人事代谢，非特平台宾佐，无复谁怜，即梁王之舆服旌旗，贵拟天子，谁更于悲风秋竹之场，欷歔凭吊耶？

芙蓉楼送辛渐　　王昌龄

寒雨连江夜入吴，平明送客楚山孤。
洛阳亲友如相问，一片冰心在玉壶。

恬退之人，借送友以自写胸臆，其词自潇洒可爱。玉壶本纯洁之品，更置一片冰心，可谓纤尘不染。其对洛阳亲友之意，乃自愿隐沦，毋烦招致。洛阳虽好，宁动冰心？左太冲诗：峨峨高门内，蔼蔼皆王侯。自非攀龙客，何为欻来游。正与同意。但此诗自明高志，与送友无涉。故作第二首云：高楼送客不能醉，寂寞寒江明月心。叙出芙蓉楼饯别之意。

送别魏二　　王昌龄

醉别江楼橘柚香，江风引雨入船凉。

忆君遥在湘山月，愁听清猿梦里长。

王诗尚有《卢溪别人》云：武陵溪口驻扁舟，溪水随君向北流。行到荆门上三峡，莫将孤月对猿愁。二诗虽送友所往之地，楚蜀不同，而以江上夜月，愁听猿声，写别后之情，其意景皆同。以诗格论，则送魏二诗，末句用摇曳之笔，余韵较长。卢溪诗末句，用转折之笔，诗境较曲也。

长信秋词　　王昌龄

奉帚平明金殿开，且将团扇共徘徊。
玉颜不及寒鸦色，犹带昭阳日影来。

秋词凡三首，其第一首云：重笼玉枕无颜色，卧听南宫清漏长。第二首云：火照西宫知夜饮，分明复道奉恩时。皆意嫌说尽，不若此首之凄婉也。首二句言，所执者洒扫奉帚之役，所共者秋风将捐之扇，其深宫摒弃可知。后二句言，空负倾城玉貌，正如古诗所谓“时薄朱颜，谁发皓齿”，尚不及日暮飞鸦，犹得带昭阳日影，借余暖以辉其羽毛。渊明赋闲情云：愿在发而为泽，愿在履而为丝。夫泽与丝安知情爱，犹空际寒鸦安知恩宠，以多情之人，而及无情之物，设想愈痴，其心愈悲矣。

西宫春怨　　王昌龄

西宫夜静百花香，欲卷珠帘春恨长。
斜抱云和深见月，朦胧树色隐昭阳。

静夜花香四发，明月东升，正待卷上珠帘，鼓云和一曲，乃于月影中凝望昭阳，远在朦胧树色间。昭阳为宸游所在，仅于烟霭中遥瞻宫殿，则身之隔绝可知。冷抱云和，更谁顾曲耶?

西宫秋怨　　王昌龄

芙蓉不及美人妆，水殿风来珠翠香。
却恨含情掩秋扇，空悬明月待君王。

首句谓初日芙蓉，不及新妆之丽。言其色之艳也。次句谓微风水殿，拂珠翠而生香。言其服之华也。三句言芳序匆匆，已抛团扇。见独处之经时。四句言今正月华如水，大好秋光，君王未必果来，犹劳凝望。春花秋月，皆入怨词。古诗云：引领遥相睎，徙倚怀感伤。可为西宫诵之。

从军行（四首） 王昌龄

其一

烽火城西百尺楼，黄昏独坐海风秋。
更吹羌笛关山月，无那金闺万里愁。

烽火防秋，戍楼危坐，在海风浩荡中，方携羌笛一枝，黄昏独奏。忽忆及闺中少妇，此时正万里怀人，顿觉夜月关山，乡情无际。诗之佳处，在末句“无那”二字，用提笔以结全篇，海风山月，都化绮愁矣。

其二

青海长云暗雪山，孤城遥望玉门关。
黄沙百战穿金甲，不破楼兰终不还。

首二句乃逆挽法。青海云低，雪山天暗，其地已在玉门关外。次句所谓遥望者，乃从青海回望孤城，见去国之远也。后二句谓确斗无前，黄沙百战，虽金甲都穿，誓不与骄虏共戴三光。胜概英风，可谓烈士矣。东坡《赠张继愿》诗：受降城下紫髯郎，戏马台前古战场。恨君不取契丹首，金甲牙旗归故乡。雄健与此诗相似。

其三

秦时明月汉时关，万里长征人未还。
但使龙城飞将在，不教胡马度阴山。

历代恒苦边患，至唐而西北迄无宁岁。诗言秦时明月，仍照沙场，汉代雄关，犹横绝塞，而千百年来万里长征者，玉门生入，曾无几人。但使龙城飞将，尚总师干，何至任毡帐胡儿，度阴山而牧马耶！少陵《秦州》诗：故老思飞将，何时议筑坛。盖思郭子仪而发。此诗所谓飞将者，听鼓鼙而思将帅，不知意属何人也。

其四

大漠风尘日色昏，红旗半卷出辕门。
前军夜战洮河北，已报生禽吐谷浑。

风高日暮，云昏大漠之时，闻元戎扬令，悉锐赴敌。在严风猎猎中，红旗半卷，将出辕门，忽羽骑西来，言昨夜洮河一战，前锋大捷，已生缚名王。凯歌声震，三军之喜可知。此诗总结前数章，故言扫老上之庭，饮黄龙之府，以告武成，为塞下曲之凄调悲歌，别开面目也。

殿前曲　　王昌龄

昨夜风开露井桃，未央前殿月轮高。
平阳歌舞新承宠，帘外春寒赐锦袍。

此诗言宫廷之欢乐，以见一人之向隅。正露桃花发，春光秾美之辰，未央前殿，至夜月已高，尚酣歌恒舞，穆天子黄竹歌之万年为乐，无以过之。后二句言，歌舞者为平阳新进之人，乃因帘外春寒，竟拜锦袍之特赐。而已则翠袖天寒，熏笼独倚，古乐府所谓无复相关意也。此诗与西宫怨诗，皆为颦眉深坐者曲写其悱恻之思。

青楼曲（二首）　　王昌龄

其一

白马金鞍从武皇，旌旗十万宿长杨。
楼头小妇鸣筝坐，遥见飞尘入建章。

此诗欲咏长安贵人，而从旁观之小妇眼中写出，如睹侍从仪卫之煊赫，篇法警动。犹少陵之《佳人》篇，欲咏乱后之烦忧，从佳人口中叙出也。诗言天子宿长杨宫，旌旗十万，翊卫森严。其扈从之官，少年气盛，服饰都丽。道左之青楼少妇，方鸣筝闲坐，遥见软绣天街中，香尘骤起，有跨白马金鞍者，飞驰而去。楼中小妇之感想，马上郎君之贵宠，皆于言外见之。

其二

驰道杨花满御沟，红妆漫绾上青楼。

金章紫绶千余骑，夫婿朝回初拜侯。

帝城春暖，杨花满路之时，有朱门少妇，妆罢登楼，见垂杨驰道中，云屯千骑，拥金章紫绶而来者，即儿家夫婿，新锡侯封，退朝归第，不觉喜动蛾眉矣。此诗与《闺怨》诗，同出一手，《闺怨》诗言妆罢登楼，见陌头柳色，悔觅封侯。此诗言妆罢登楼，见杨花驰道中，朝回夫婿，竟拜通侯。二诗适成翻案。以诗境论，则《闺怨》诗情思尤佳。李玉溪诗“千骑君翻在上头”，乃用古诗之“东方千余骑，夫婿居上头”。此诗第三句，殆亦本此。

九月九日忆山东兄弟　　王　维

独在异乡为异客，每逢佳节倍思亲。
遥知兄弟登高处，遍插茱萸少一人。

兄弟朋友，皆伦常之一。唐诗中忆朋友者多，忆兄弟者少。杜少陵诗“忆弟看云白日眠”，白乐天诗“一夜乡心五处同”，皆寄怀群季之作。此诗尤万口流传。诗到真切动人处，一字不可移易也。

凉州词　　王之涣

黄河远上白云间，一片孤城万仞山。
羌笛何须怨杨柳，春风不度玉门关。

首二句笔势浩瀚，次句尤佳，再接再厉，有隼立华峰之概。且词为凉州而作，其言万仞山者，凉州之贺兰山脉，远接天山，见地之荒远，故春风不度也。其言一片孤城者，以孤城喻孤客，故羌笛吹怨也。后二句言莽莽山河，本皇恩所不被，犹春风之不度。玉关杨柳，亦同苦春寒。托羌笛以寄愁者，何必错怨杨枝不肯依依向客耶？此诗前二句之壮采，后二句之深情，宜其传遍旗亭，推为绝唱也。

江畔独步寻花（二首）　　杜　甫

其一

黄师塔前江水东，春光懒困倚微风。
桃花一簇开无主，可爱深红爱浅红。

其二

黄四娘家花满蹊，千朵万朵压枝低。
流连戏蝶时时舞，自在娇莺恰恰啼。

少陵诗雄视有唐，本不以绝句擅名，而绝句不事藻饰，有幅巾独步之概。此二诗在江畔行吟，不问花之有主无主，逢花便看。黄师塔畔，评量深浅之红；黄四娘家，遍赏万千之朵。人既闲雅，故诗自有闲雅之致。

和严郑公军城早秋　　杜　甫

秋风袅袅动高旌，玉帐分弓射虏营。
已收滴博云间戍，更夺蓬婆雪外城。

严武镇蜀，与少陵相知最深。严亦能诗者，与之酬唱，当是经意之作。首句言牙旌风动，写早秋之景色也。次句玉帐分弓，言军城之兵略也。后二句承第二句言，云开滴博，已归亭障之中；雪满蓬婆，更夺康辖之隘。西南建绩，等于裴岑之天山纪功。二句作对语，笔力雄厚，乃少陵之本色。

解闷　　杜　甫

复忆襄阳孟浩然，清诗句句尽堪传。
即今耆旧无新语，漫钓槎头缩项鳊。

以少陵交游之广，而排闷诗中，独数襄阳。其怀李白，则称其清新俊逸。其怀襄阳，则称其句句堪传，非但交情之厚，且深佩其才。故其第三句云即今耆旧中，如襄阳者已不可得，若论新诗，如其句句堪传者，更属绝无矣。寂寥谁语，且向溪头垂钓，得缩项鳊鱼，姑谋一醉，即其解闷之事也。

戏为绝句　　杜　甫

才力应难跨数公，只今谁是出群雄。
或看翡翠兰苕上，未掣鲸鱼碧海中。

此少陵论诗绝句也。己之能力所及，并世之作手，以及诗境之浅深，皆寓于四句之内。首句谓己之才力，虽当仁不让，而未能跨越数公之上。数公者不知何指，其太白、右丞、襄阳诸人乎？次句谓己固力有未逮，盱衡当世，余子落落，谁足当出群之雄？后二句紧接次句，谓今之作者，文采华赡，若翡翠戏于兰苕之上，或有其人；但精美有之，而广大不足，若论才力雄伟，若掣长鲸于碧海中者，殆无其人。慨出群才之难得也。韩昌黎诗：赤手拔鲸牙，举杓酌天浆。谓诗人思想之高深，其深处如入沧海而拔鲸牙，其高处如举北斗而酌天浆。有此才力，方可雄视一代。少陵故有才难之叹也。

江南逢李龟年　　杜　甫

岐王宅里寻常见，崔九堂前几度闻。
正是江南好风景，落花时节又逢君。

少陵为诗家泰斗，人无闲言，而皆谓其不长于七绝。今观此诗，余味深长，神韵独绝，虽王之涣之黄河远上，刘禹锡之潮打空城，群推绝唱者，不能过是。诗谓天宝盛时，龟年以供奉之余，为朱门宾客，见其迹者，在岐王大宅，闻其声者，在崔九高堂，其声名洋溢乎长安。乃兵火余生，飘零江左，当日丁歌甲舞，曾醉昆仑，此时铁板铜琶，重游南部，其遭遇之枯菀顿殊。而已亦芒鞋赴蜀，雪涕收京，饱经离乱。今值落花时节，握手重逢，江潭之凄怆可知矣。此诗以多少盛衰之感，千万语无从说起，皆于“又逢君”三字之中，蕴无穷酸泪。可知杜集中绝句无多者，乃不为也，非不能也。

三日寻李九庄　　常　建

雨歇杨林东渡头，永和三日荡轻舟。
故人家在桃花岸，直到门前溪水流。

诗言当修禊良辰，杨枝过雨，风日晴美，思寻访故人。由渡头自荡小舟，沿溪而往，遥见桃花深处人家，即故人住屋。溪流一碧，直到门前，可谓如此家居俨若仙矣。万首绝句中，录常建二诗，其《送宇文》云：花映垂杨汉水清，微风林里一枝横。只今江北还如此，愁煞江南离别情。虽用转笔，以江南江北，相映生情，不及此诗得天然韵致。

除夜　　高　适

旅馆寒灯独不眠，客心何事转凄然。
故乡今夜思千里，霜鬓明朝又一年。

绝句以不说尽为佳。此诗三四句，将第二句何事凄然之意说尽，而亦耐人寻味。三句因除夜而怅故乡之不能团聚，或谓故乡亲友，在千里外思我，意尤婉挚。四句因元旦，而有去日苦多来日少之感，语似说尽，而意仍不尽。若岑嘉州《在玉关寄长安主簿》诗云：东去长安万里余，故人何惜一行书。玉关西望肠堪断，况复明朝是岁除。亦是因除夜感怀，而兼忆友也。高诗后二句，以流水对句作收笔，尤为自然。

送刘判官赴碛西行军　　岑　参

天山五月行人少，看君马去疾如鸟。
都护行营太白西，角声一动胡天晓。

首二句言天山当五月之时，黄沙烈日，绝少行人，判官独一骑西驰，迅于飞鸟。其豪健气概，不让王尊叱驭。后二句言，所赴行营，远在太白之西，想其在军幕内，闻角声悲奏，正胡天破晓之时。诗意止此，而绝域之军声，思家之远念，自在言外。

绝句中意义神韵音节，各有所长。此诗用仄韵，故音节弥觉高亮。高达夫《营州歌》云：营州少年厌原野，狐裘蒙茸猎城下。虏酒千钟不醉人，胡儿十岁能骑马。写塞外情状，诗用仄韵，其音节亦殊抗健。

碛中作　　岑　参

走马西来欲到天，辞家见月两回圆。
今夜不知何处宿，平沙万里绝人烟。

凡塞外行役者，多言恋阙思家之意。李陵所谓“胡笳夜动，牧马悲鸣，皆足助人悯怛”也。此诗但言沙碛苍茫，而回首中原，自有孤客投荒之感。首二句言策骑西来，已月圆两度，而长征未已，几欲至天尽处。后二句申足上意，言此去宵枕抱鞍，料无宿处，则碛中黄云白草外，绝无人迹可知矣。

赴北庭度陇思家　　岑　参

西向轮台万里余，也知乡信日应疏。
陇山鹦鹉能言语，为报家人数寄书。

诗言西去轮台，距家万里，明知音书不达，欲催促而无从，适见陇山鹦鹉，姑设想能言之鸟，传语家人。沈归愚谓其心曲而苦，盖极写无聊之思也。往昔邮筒多阻，驿使稀逢，如“紫燕西来欲寄书”、“阆苑有书多附鹤”、“喜鹊随函到绿萝”等句，皆托想灵禽，冀传尺素。不仅河鱼天雁，为两地离人，达相思于万一也。

山房春事　　　　岑　参

梁园日暮乱飞鸦，极目萧条三两家。
庭树不知人去尽，春来还发旧时花。

当秾春花好之时，家人携手，良友寻芳，美景良辰，当日匆匆过却。追情随事迁，旧地经过，春花仍发，每以之兴怀。此意后人袭用者多，嘉州实为绝唱。姚惜抱诗：昔年同种阶前树，今日花开掩泪看。虽不外岑诗之意，而诵之凄婉欲绝。

封大夫破播仙凯歌　　　　岑　参

日暮辕门鼓角鸣，千群面缚出蕃城。
洗兵鱼海云迎阵，秣马龙堆月照营。

嘉州边塞诗，向推独步。上二句言辕门吹角，生缚降蕃，纪破播仙之功也。后用对句收束，鱼海龙堆，词采壮丽，与少陵之《军城早秋》诗格调相似，皆极沉雄之致。

送李侍郎赴常州　　贾　至

雪晴云散北风寒，楚水吴山道路难。

今日送君须尽醉，明朝相忆路漫漫。

唐人送友诗多矣。此诗直抒胸臆，初无深曲之思，而恋别情多，溢于楮墨。诗言当霁雪严风之际，赴吴山楚水之遥，明知酒入愁肠，强为笑语。但明日挂帆，谁伴漫漫长路；今朝把臂，尚同娓娓清谈。且尽十觞，胜于别后千行书札也。后二句，与王右丞之“劝君更尽一杯酒，西出阳关无故人”词意极相似。平子言愁，文通恨别，今古同怀。

过融上人兰若　　綦毋潜

山头禅室挂僧衣，窗外无人溪鸟飞。

黄昏半在下山路，却听钟声连翠微。

诗言上人兰若所在，托地既高，境复幽静。首句言寂寂禅房，但见僧衣挂壁。状室中之静也。次句言窗外足音不到，时有溪鸟飞鸣，等忘机之鸥鹭。状室外之静也。后二句言黄昏出寺，将下半山，仰望兰若，已暮云回合，惟远听钟声，出翠微深处。状寺之高也。凡涉胜境者，身在其中，若与之相忘，及回首名山，如玉井樊桐之在上界。李白《下终南山》诗：却顾所来径，苍苍横翠微。与此诗同意。

山中留客　　张　旭

山光物态弄春辉，莫为轻阴便拟归。
纵使晴明无雨色，白云深处亦沾衣。

诗就山居所见，举以告客。若谓君勿讶云气濛濛，天阴欲雨，急欲下山；此间纵晴霁，亦云气沾衣，长日与烟云为伴，非关山雨欲来。城市中人，所稀见也。凡游名山者，每遇云起，咫尺外不辨途径，襟袖尽湿，知此诗写山景之确。

军城早秋　　严　武

昨夜秋风入汉关，朔云边月满西山。
更催飞将追骄虏，莫遣沙场匹马还。

郑公在蜀，唐代节镇之有声者。此诗在军城，与少陵同赋。贤主嘉宾，极酬丽唱妍之乐。上二句气势雄阔。后二句有誓扫匈奴之概，如王昌龄之“不破楼兰终不还”。少陵和郑公之“更夺蓬婆雪外城”，虽皆作豪语，而非手握军符。此作出自郑公，则以雄镇西南之上将，惠安西表，非异人任。投征虏壶中之箭，试睢阳架上之书，形诸歌咏，弥见儒将英风也。

怨歌　　薛维翰

百尺朱楼临狭斜，新妆能唱美人车。
皆言贱妾红颜好，要自狂夫不忆家。

首句言朱楼百尺，见其托身之高。次句言能仿时世新妆，更能作美人清唱，见其色艺之兼工。三句言阳城下蔡，倾动一时，众口皆然，初非自炫其美。四句言有如是天生丽质，浪游夫婿，宜早挂归帆，而留滞天涯，若悠悠之云鹤。通首着眼，在第四句之“要自”二字，故作揣测不解之辞，不言其当炉之别恋，与秋扇之长捐，但言其绝不忆家，正写怨之深也。

春行寄兴　　李　华

宜阳城下草萋萋，涧水东流复向西。
芳树无人花自落，春山一路鸟空啼。

五绝中，如王右丞之《鸟鸣涧》诗、《辛夷坞》诗，言月下鸟鸣，涧边花落，皆不涉人事，传神弦外。七绝中此诗亦然。首二句言，城下之萋萋草满，城外之流水东西，皆天然之致。后二句言，路转春山，屐齿不到，一任鸟啼花落，送尽春光。诗题标以“春行寄兴”，殆万物静观皆自得也。若元微之见桃花自落，感连昌之故宫，刘长卿因啼鸟空闻，叹六朝之如梦，同是花落鸟啼，寓多少兴亡之感。此作不落形气之中，忘怀欣戚矣。

欸乃曲　　元　结

湘江二月春水平，满月和风宜夜行。
唱桡欲过平阳戍，津吏相呼问姓名。

桡歌与竹枝词相似，就眼前景物，随意写之。此诗赋夜行船，首言行舟之地，次言行舟之时。后二句言榜人摇橹作歌，将过平阳之戍，津吏以宵行宜诘，呼问姓名，乃启关放客。此水程恒有之事，作者独能写出之。

登楼寄王卿　　韦应物

踏阁攀林恨不同，楚云沧海思无穷。
数家砧杵秋山下，一郡荆榛寒雨中。

首句言不能偕友登临。次句言楚云沧海，两地分居。后二句用对句，言登楼所闻者，数家村屋响断续之秋砧，所见者，一郡荆榛隐迷濛之寒雨。写萧寥之景色，而怀人惆怅，自见诗中。

休日访人不遇　　韦应物

九日驱驰一日闲，寻君不遇又空还。
怪来诗思清人骨，门对寒流雪满山。

凡作访友不遇诗，每言相思不见，相望如何之意。此诗首句自述，第二句言不遇空还，意已说尽。后二句，写景而不言情，但言其友所居之地，水抱山环，已称胜境，况水则清流溅玉，山则万树飞琼。曰寒流，曰雪满，皆加倍写法，宜清味之沁入诗骨矣。作诗者既清超如是，则长住此间之友，非俗子可知。

登宝意上方　　韦应物

翠岭香台出半天，万家烟树满晴川。
诸僧近住不相识，坐听微钟忆往年。

凡赋山寺者，每喜咏钟声，以表其幽逸之趣。设想在万山中深藏萧寺，下方过客，闻钟声出云际，令人悠然有高世之想。常建诗“惟闻钟磬音”，王维诗“深山何处钟”，皆藉闻钟以传其幽韵也。此诗首句，言宝意上方之高。二句言登高所见，闾阎扑地，烟树万家，映如带之晴川，全归一览。首句点题，次句写景。后二句乃言往年远听微钟，意谓必有招提胜境在翠微间，今见诸僧，始知所居不远，觉相访恨晚也。

送刘萱之道州谒崔大夫　　刘长卿

沅水悠悠湘水春，临歧一望一沾巾。
信陵门下三千客，君到长沙见几人。

前二句写送友赴楚之别意。后二句言昔者信陵门下，宾客三千，今至崔大夫所，能见者几人？其人才之寥落可知。凡送友往佐幕府，宜言地主之贤，龙门增价，此诗乃有抑塞不平之气。唐代达官，多礼贤下士，岂提挈后进之风，已稍稍陵替乎？

送李判官之润州行营　　刘长卿

万里辞家事鼓鼙，金陵驿路楚云西。
江春不肯留行客，草色青青送马蹄。

起二句叙别意，题之本位也。后言草色青青，无情送客，若江春之不肯留行。就诗句论之，有春草碧色，送君南浦之思。但观其首句云“万里辞家”，则客游殊有苦衷。殆京洛贵人，不加延揽，乃远役谋生。故三句言江春不留行客，盖有所指也。

归雁 钱 起

潇湘何事等闲回，水碧沙明两岸苔。

二十五弦弹夜月，不胜清怨却飞来。

作闻雁诗者，每言旅思乡愁。此诗独擅空灵之笔，殊耐循讽。首句故作问雁之词，起笔已不着滞相。次句言水碧沙明，设想雁之来处。后二句言值秋宵凉月，冰弦弹彻之时，正清怨盈怀，适有一行归雁，流响云天。雁声与弦声，并作清愁一片。着眼处，在第四句之“却”字，人与雁合写，无意而若有意，可谓妙语矣。

王舍人竹楼 李嘉祐

傲吏身闲笑五侯，西江取竹起高楼。

南风不用蒲葵扇，纱帽闲眠对水鸥。

自宋王禹偁作《黄冈竹楼记》，曲尽其致，竹楼之名始著。而在唐代，王舍人已有西江取竹之举，钱起亦有赠诗，仅言其逸趣，而未详其制。凡山居者，多叠石为屋。泽居者，每架竹为楼。楚江畔竹制钓楼，有高数丈者，但无人采入诗文耳。诗言舍人高卧竹楼，堪称吏隐。江上凭阑，闲挥葵扇，已闲适可羡。况南风送爽，并蒲葵而不用。纱帽隐囊，对忘机鸥鸟，更无尘起污人，劳元规之障面，宜舍人笑傲五侯矣。

题虔上人壁　　李嘉祐

诗思禅心共竹闲，任他流水向人间。
手持如意高窗里，斜日沿江千万山。

赠方外之诗，不难于作出世语，而难于在空际落笔，自有尘视大千之概。首句言此心与竹同闲，已见赠诗本意。次句申言之，一任门前流水，日夜奔驰，向人间而去，而禅心不动。三句专咏上人，手持如意，状意态超逸也；身倚高窗，言俯视一切也。四句承三句而言，高窗所见，惟有沿江千万峰峦，与天末白云，参差竞出。所谓“人间多少兴亡事，不值青山一笑看”。上人高倚江楼，任万劫华鬘，飞腾过眼耳。

送齐山人　　韩　翃

旧事仙人白兔公，掉头归去又乘风。
柴门流水依然在，一路寒山万木中。

首二句言山人所往之处，即白兔公隐居旧地。今山人又乘风归去，遥接仙踪。三句言仙人已去如黄鹤，惟流水柴门，犹是当年风景耳。四句意谓世人所驰骛者，五都名利之场，山人乃向寒山万木，拨烟霞而进影，与渔父之掉头入海，同为避世高踪。结句仅言一路景物，而诗意自见，妙在不说尽也。

寒食　　韩　翃

春城无处不飞花，寒食东风御柳斜。
日暮汉宫传蜡烛，轻烟散入五侯家。

首句言处处飞花，见春城之富丽也。次句言东风寒食，纪帝京之佳节也。三句言汉宫循寒食故事，赐烛近臣。四句言侯家拜赐，轻烟散处，与佳气同浮。二十八字中，想见五剧春浓，八荒无事。宫廷之闲暇，贵族之沾恩，皆在诗境之内。以轻丽之笔，写出承平景象，宜其一时传诵也。

江南曲　　韩　翃

长乐花枝雨点消，江城日暮好相邀。
朱楼不闭葳蕤锁，渌水斜通宛转桥。

首二句言雨过芳林，江城日暮，乃啸侣命俦而出。纪春游之事也。后二句以风景论，所谓朱楼不锁者，江南烟户繁庶，风日和暖，高门华屋，每长日启扉；所谓渌水斜通者，江南河港纷歧，桥梁跨水，所在皆是也。以诗意论，葳蕤不锁，则非重帷深下可知；宛转通桥，则银汉盈盈，初不待雕陵鹊驾。题曰“江南曲”，作者其有绮思乎？或有所讽乎？

赠李冀　　韩　翃

王孙别舍拥朱门，不羡空名乐此身。
门外碧潭春洗马，楼前红烛夜迎人。

以京朝达官，宜尽致身之义。此诗叙其游宴之乐，殆有讽刺意乎？首句言，拥朱轮而赴别舍，如窦婴别业之在蓝田。次句言，宁舍荣名，但谋此身娱逸，杨恽所谓人生行乐耳。后二句写其别舍豪华，门外则碧潭如镜，洗濯骅骝；楼前则红烛高烧，迷离人影。实叙其行乐之状也。韩翃又有《酬张千牛》诗云：蓬莱阙下事天家，上路初回白鼻騧。细管昼催平乐酒，春衣夜宿杜陵花。前二句但言退朝而归。后二句言昼则细管飞声，樽前顾曲，夜则春衣称体，花下酣眠，亦以对句作收笔。叙行乐之事，与《赠李翼》诗相似，但赠李则句含讽意，酬张则平叙耳。

送魏十六　　皇甫冉

秋夜沉沉此送君，阴虫切切不堪闻。
归舟明日毗陵道，回首姑苏是白云。

首二句叙送别情景。后二句不言己之望友，而从友着想，言归至毗陵，回首话别之地，不见吴门烟树，惟见天末白云一片。写友之离情无际，则己之怀友可知。此诗情韵均佳，若韩翃《送人之鄂州》云：春风落日谁相见，青翰舟中有鄂君。仅言鄂君绣被事耳。《送人之潞州》云：佳期别在春山里，应是人参五叶齐。仅言地产人参耳。均嫌意浅，而无送别之情。可见送友诗，贵有情意也。

岩岭西望　　皇甫冉

汉家仙仗在咸阳，碧水东流出建章。
野老至今犹望幸，离宫秋树独苍苍。

首二句言帝京所在。后二句意谓长安棋局，万事更新，安能再返虞渊之日。乃野老无知，犹望继开元之盛，重驻翠华。而宫观全非，惟有千章大树，吟风映日而已。以少陵阅世之深，而曲江之金钱盛会，尚冀重逢。抚今追昔，人有同情。彼江头野老，扶杖田间，空忆汉家仙仗，亦可悲矣。

夜上受降城闻笛　　李　益

回乐峰前沙似雪，受降城外月如霜。
不知何处吹芦管，一夜征人尽望乡。

对苍茫之夜月，登绝塞之孤城，沙明讶雪，月冷疑霜，是何等悲凉之境。起笔以对句写之，弥见雄厚。后二句申足上意，言荒沙万静中，闻芦管之声，随朔风而起，防秋多少征人，乡愁齐赴。则已之郁伊善感，不待言矣。李诗又有《从军北征》云：天山雪后海风寒，横笛偏吹行路难。碛里征人三十万，一时回首月中看。意境略同。但前诗有夷宕之音，北征诗用抗爽之笔，均佳构也。

边思　　李　益

腰垂锦带佩吴钩，走马曾防玉塞秋。
莫笑关西将家子，只将诗思入凉州。

此咏边将之多才，在塞下诗中，别开格调。首句言戎容之整肃，次句言征戍之辛劳。后二句言，莫笑其豪健为关西将种，能载满怀诗思，西入凉州，听水听风，谱绝域霓裳之调；更能防秋走马，独著边功。随陆能武，绛灌能文，此君兼擅之。

写情　　李　益

冰纹珍簟思悠悠，千里佳期一夕休。
从此无心爱良夜，任他明月下西楼。

诗题曰“写情”，实即崔国辅怨词之意，因此生已休，虽有余情，不抵深怨也。首二句言，冰簟夜凉，悠悠凝思，相思千里，正在抡指佳期，乃方期鸾镜之开，遽断鹊桥之望。故后二句写其怨意，谓璧月团圞，本期双照，而此后良宵，已成独旦，则无情明月，一任其西下楼头耳。

听晓角　　　　李　益

边霜昨夜堕关榆，吹角当城片月孤。
无限塞鸿飞不度，秋风吹入小单于。

首句谓严霜一夕，榆林万叶，飞堕关前，时在破晓之前。次句言霜天拂晓，有独立城头寒吹画角者。用“当”字固妙，接以“片月孤”三字，尤善写苍莽之神，宜其佳句流传，播为图画也。后二句之意，或谓无限塞鸿，闻角声悲奏，回翅南飞，声音之感物，如六马仰秣，游鱼出听也。或谓地处极边，更北则为小单于之境，塞鸿避其严寒，至此不能飞度，惟有呜咽角声，随秋风远送，吹入单于。此两层之意，皆极言边地荒寒，而征人闻角生悲，不言而喻矣。

古艳词　　　　卢　纶

自拈裙带结同心，暖处偏知香气深。
爱捉狂夫问闲事，不知歌舞用黄金。

艳歌每言情思，此独写其憨侈之状，银篦击碎，酒污罗裙，恬不知惜也。首句言同心绾结，但知情爱之深。乃写其心事。次句言玉软香温，终日在锦帷暖处。乃写其居室。后二句言所昵者狂夫，所问者闲事，绝不解黾勉田居之当务，焉知翠舞珠歌，皆黄金所换得，乃用若泥沙而不惜。彼秦淮名妓，久不闻碎玉之声，虽亦娇侈语，较此差有风趣也。

宫中乐　　卢　纶

台殿云凉秋色微，君王初赐六宫衣。
楼船泛罢归犹早，行遣才人斗射飞。

首二句言云凉台殿，秋意初生，六宫已拜赐衣之宠。后二句言液池晴涨，戏泛楼船，极中流箫鼓之娱。归时尚早，更遣才人，射飞逐走，盘游无度，不闻折槛之争，较“晋阳已陷休回顾，更请君王猎一回”仅差胜一筹。羽猎河南，十旬不返，此诗盖有规谏之意也。

曲江春望　　卢　纶

菖蒲翻叶柳交枝，暗上莲舟鸟不知。
更到无花最深处，玉楼金殿影参差。

首句言曲江春望，低处所见者，菖蒲翻叶，高处所见者，杨柳交枝。次句言禁地清肃，游人不到，兰桡轻放，而水鸟不知。后二句言，深处为紫宸所在，严净无尘，惟见波涵明镜，玉楼金殿，皆倒影水中，参差荡漾。此诗虽无深意，而当日曲江风景，可想其大概。

峡口送友　　司空曙

峡口花飞欲尽春，天涯去住泪沾巾。
来时万里同为客，今日翻成送故人。

唐人送友诗，最善言情，诵之觉言愁欲愁。司空此作，于后二句用折笔，言驱车万里，同是征人，今日翻成送别，君去我孤，倍难为别。与“未知何岁月，得与尔同归”及“无端更渡桑干水，却望并州是故乡”诸作，其诗境皆转深一层，情味弥永。

柏林寺南望　　郎士元

溪上遥闻精舍钟，泊舟微径度深松。
青山霁后云犹在，画出西南四五峰。

诗仅平写寺中所见，而吐属蕴藉，写景能得其全神。首二句言闻钟声而寻精舍，泊舟山下，循小径前行，松林度尽，方到寺门。在寺中登眺，霁色初开，湿云未敛，西南数峰，已从云隙参差而出，苍润欲滴。诵此诗如展秋山晚霁图，所谓“欲霁山如新染画”也。

征人怨 柳中庸

岁岁金河复玉关，朝朝马策与刀环。
三春白雪归青冢，万里黄河绕黑山。

四句皆作对语，格调雄厚。首二句言岁岁在穷荒之地，朝朝与刀马为缘。后二句言正芳序三春，而青冢寻碑，仍是茫茫白雪；长征万里，而黑山立马，惟见浩浩黄河。诗题为“征人怨”，前二句言情，后二句写景，而皆含怨意。嵌青、白、黄、黑四字，句法浑成。

送别 冷朝阳

采菱歌怨木兰舟，送客销魂百尺楼。
还似洛妃乘雾去，碧天无际水空流。

诗为送红线而作，当是歌伎之流。有美一人，菱歌罢唱，高鬟拥雾，罗袜凌波，驾莲叶轻舟，乘风竟去。剩有销魂者，倚百尺高楼，望流水悠悠，碧天无际耳。诗不专写离别之情，而拟以洛妃之灵迹，情韵殊长。

枫桥夜泊　　张　继

月落乌啼霜满天，江枫渔火对愁眠。
姑苏城外寒山寺，夜半钟声到客船。

枫桥在吴郡阊门外，距寒山寺甚近。首句言泊舟之时。次句言旅客之怀。后二句言夜半而始泊舟，见客子宵行之久；寺中尚有钟声，见山僧夜课之勤。作者不过夜行纪事之诗，随手写来，得自然趣味。诗非不佳，然唐人七绝，佳作林立，独此诗流传日本，几妇稚皆习诵之，诗之传与不传，亦有幸有不幸耶？

春怨　　刘方平

纱窗日落渐黄昏，金屋无人见泪痕。
寂寞空庭春欲晚，梨花满地不开门。

凡作宫怨闺怨诗者，深院无人，花开花落，此意最易想到，几成习见语。然在中唐人作之，初非沿袭。首二句言黄昏窗下，虽贵居金屋，时有泪痕。李白诗：但见泪痕湿，不知心恨谁。愁深泪湿，尚有人窥，此则于寂无人处，泪尽罗巾，愈可悲矣。后二句言本甘寂寞，一任春晚花飞，朱门深掩，自嗟薄命，安有余绪怜花。结句不事藻饰，不诉幽怀，淡淡写来，而春怨自见。

宫词　　顾　况

玉楼天半起笙歌，风送宫嫔笑语和。
玉殿云开闻夜漏，水晶帘卷近秋河。

首二句言笑语笙歌，传从空际，当是咏骊山宫殿，故远处皆闻之。后二句但言风传玉漏，帘卷银河，而霓裳歌舞，自在清虚想象之中。此诗采入《长生殿》传奇，哀丝豪竹之场，至今传唱。作者兴到成吟，当不料千载下长留余韵也。

湘南即事　　戴叔伦

卢橘花开枫叶衰，出门何处望京师。
沅湘日夜东流去，不为愁人住少时。

首言湘南秋老，遥望京华，欲归不得，写出本意。后二句有两层意，或谓沅湘东去，不得与之同行；或谓如此秋江碧水，不肯尺波小住，伴我愁人，乃日夜飞流而去。只以相伴盼无情之水，则一身之寥寂，谁复顾之耶？

题开圣寺　　李　涉

宿雨初收草木浓，群鸦飞散下堂钟。
长廊无事僧归院，尽日门前独看松。

游山寺者，每喜言其静趣。此纪开圣寺所见，积雨初晴，草木皆浓青可爱。其时阇黎钟响，饭罢下堂，得食群鸦，纷飞四散，已见香林之静。后二句言长廊行尽，更不逢僧，已归院各修禅诵。客子独游泉石，惟见门外古松，参天黛色，享名山之岁月，抱耐冷之贞心。抚孤松而盘桓者，能尽日相看不厌，当别有会心，不仅言寺中静趣也。

宿武关　　李　涉

远别秦城万里游，乱山高下入商州。
关门不锁寒溪水，一夜潺湲送客愁。

凡临水寄怀者，或借水以写离情，或借水以书客感，而用笔各殊。戴叔伦诗，言湘水东流，不为愁人少住。此诗言武关之水，但送客愁，皆因一片乱愁，更无着处，但能怨流水无情耳。若严维诗：日晚江南望江北，寒鸦飞尽水悠悠。亦临水寄怀，而不落边际，自有渺渺余怀之感也。武关在蜀道峻险处，水从万山中夺路而出，故第三句以“不锁”二字状之。客子孤眠，竟夕听溪声喧枕，故第四句以潺湲一夜状之，情景俱到。

过华清宫　　李　约

君王游乐万几轻，一曲霓裳四海兵。
玉辇升天人已尽，故宫犹有树长生。

唐代开元之盛，天宝之乱，诗人恒以入咏。此诗言元宗但知游乐，一曲霓裳，遂郊生戎马，显加指斥之词。后二句言，百战收京，而龙去鼎湖，旧人都尽，当日长生殿畔，密誓虚存，不若碧树凌霜，幸逃劫火，尚留得故宫遗迹也。

春兴　　武元衡

杨柳阴阴细雨晴，残花落尽见流莺。
春风一夜吹乡梦，梦逐春风到洛城。

诗言春尽花飞，风吹乡梦，虽寻常意境，情韵自佳。三四句，乡梦春风，循环互用，句法颇新。与金昌绪“打起黄莺儿”诗，同是莺啭梦回，语皆婉妙。明末柳线女史诗：今夜春江又花月，东风吹梦小长干。用意与武诗同，其神韵皆悠然不尽也。

听歌 武元衡

月上重楼丝管秋，佳人夜唱古梁州。
满堂谁是知音者，不惜千金与莫愁。

高楼月满，弦管风飘，有翠袖佳人，按梁州一曲。其时长筵餇客，青紫照眼，而金樽檀板之场，但解征歌，希逢真赏，以黄金相赠者，绝无其人。夫出琴材于爨下，谁是中郎，市骏骨于台前，难寻伯乐。沦落自伤者，不仅临颍美人，感绛唇之寂寞也。

湘中酬张功曹 韩 愈

休垂绝徼千行泪，共泛清湘一叶舟。
今日岭猿兼越鸟，可怜同听不知愁。

诗言同是天涯薄宦，休嗟绝徼之遥，且纵清游之乐。我与君哀怨等于岭猿，飘泊侪于越鸟，扁舟同听，相顾惘然。彼无知之猿鸟，不自哀其蛮荒栖泊，安能知迁客之愁？只为单枕清宵，搅人乡梦耳。

和李司勋连昌宫　　韩　愈

夹道疏槐出老根，高甍巨桷压山原。
宫前遗老来相问，今是开元几叶孙？

诗至中唐，才力渐薄。昌黎为之起衰，虽绝句而有劲朴之气。首二句，咏前朝遗构：低处见者，夹道古槐，老根四出；高处见者，分岩绝壑，甍桷巍然。不事饰句，而能确写离宫残状。后二句言，尚有白头野老，闻长安棋局更新，问今之当阳者，为开元几叶之孙。野老身经理乱，追念故君，兼怀盛世，皆于一问中见之，其寄慨深矣。

晚次宣溪酬张使君　　韩　愈

潮州南去接宣溪，云水苍茫日向西。
客泪数行先自落，鹧鸪休傍耳边啼。

诗言迁客南荒，溪云向晚，正青衫泪湿之时，恼人之鹧鸪，勿耳畔凄啼，搅人愁思。此诗在他人作之，不外恨别鸟惊心之意；在昌黎则一封朝奏，夕贬潮阳，感物兴怀，拳拳君国，若屈原之感鸣鸠，宋玉之叹鹍鸡，皆藉寓忠爱之忱。昌黎亦同此感也。

桃林夜贺晋公　　韩　愈

西来骑 火照山红，夜宿桃林腊月中。
手把命珪兼相印，一时重叠赏元功。

诗纪晋公奏凯事也。时当腊月，夜次桃林，遥见腾骧羽骑，炬火齐明，乃使节西来。以晋公元勋伟绩，进三台之席，超万户之封，手把元珪金印，懋赏叠颁。昌黎此诗，与和晋公之“将军旧压三司贵，相国新兼五等崇”，用意同而用笔不同，皆纪殊荣，初无溢美。昌黎尚有《次潼关先寄张阁老》诗云：刺史莫辞迎候远，晋公新破蔡州回。露布甫驰，新诗已到。五十载逋寇荡平，宜其兴会之高也。

酬曹侍御　　柳宗元

破额山前碧玉流，骚人遥驻木兰舟。
春风无限潇湘意，欲采蘋花不自由。

柳州之文，清刚独造，诗亦如之。此诗独淡荡多姿，可入唐人三昧集中。首二句，叙明与友酬唱之地。后言潇湘云水，无限低回，欲采蘋花，不自知其何以。楚辞云：折芳馨兮遗所思。柳州此作，其灵均嗣响乎？集中近体，皆生峭之笔，不类此诗之含蓄也。

石头城　　刘禹锡

山围故国周遭在，潮打空城寂寞回。
淮水东边旧时月，夜深还过女墙来。

梦得赋西塞山诗，元白皆为敛手，称其探骊得珠。此作在金陵怀古诗中，亦推绝唱。石头城前枕大江，后倚钟岭。前二句潮打山围，确定为石城之地，兼怀古之思，非特用对句起，笔势浑厚也。后二句谓六代繁华，灰飞烟灭，惟淮水畔无情明月，夜深冉冉西行，过女墙而下。清辉依旧，而人事全非，登城吟望者，宜叹息弥襟矣。

乌衣巷　　刘禹锡

朱雀桥边野草花，乌衣巷口夕阳斜。
旧时王谢堂前燕，飞入寻常百姓家。

朱雀桥、乌衣巷，皆当日画舸雕鞍，花月沉酣之地。桑海几经，剩有野草闲花，与夕阳相妩媚耳。茅檐白屋中，春来燕子，依旧营巢，怜此红襟俊羽，即昔时王谢堂前，杏梁栖宿者，对语呢喃，当亦有华屋山丘之感矣。此作托思苍凉，与《石头城》诗，皆脍炙词坛。刘之金陵怀古诗中，尚有《江令宅》一首，逊此二诗也。

与歌者米嘉荣　　刘禹锡

唱得凉州意外声，旧人惟数米嘉荣。
近来时世轻先辈，好染髭须事后生。

凉州之曲传自西域，天宝后流传日少。忽闻旧人米嘉荣能唱，故首句言意外声也。后二句言，新陈代谢，三五少年，辄轻视先辈。顿杨场屋，老境堪怜，只应濡染白须，效少年之涂抹。吴梅村诗云：四海新知笑白头。岂独观河面皱之感耶！

与歌者何戡　　　　刘禹锡

二十余年别帝京，重闻天乐不胜情。
旧人惟有何戡在，更与殷勤唱渭城。

诗谓觚棱前梦，悠悠二十余年，家令重来，春婆梦醒，重闻天乐，不禁泪湿青衫。后二句谓甫惘惘之相看，又匆匆之录别。同调无多，为唱一曲渭城，殷勤致意。耆旧凋零，因何郎而重有感矣。

听旧宫人穆氏唱歌　　　　刘禹锡

曾随织女渡天河，记得云间第一歌。
休唱贞元供奉曲，当时朝士已无多。

诗以织女喻妃嫔，以云间喻宫禁。白头宫女，如穆氏者，曾供奉掖庭。岁月不居，朝士贞元，已稀如星凤。解听清平旧调者，能有几人？梦得闻歌诗，凡三首，赠嘉荣与何戡，皆专赠歌者，此则兼有典型之感。杜少陵所谓佳人锦瑟，别殿曾游；钱牧斋所谓甲舞丁歌，春华如梦，宫墙擪笛之声，不堪重听矣。

踏歌词（二首） 刘禹锡

其一

春江月出大堤平，堤上女郎连袂行。
唱尽新词欢不见，红霞映树鹧鸪鸣。

其二

桃蹊柳陌好经过，灯下妆成月下歌。
为是襄王故宫地，至今犹是舞腰多。

踏歌词，每多美人香草之思。此二词之前半首，皆音节谐婉，雅宜雏鬟三五，联臂而歌也。上首后二句，谓翠袖歌残，而青骢人远，不若啼树鹧鸪，犹得藉散绮余霞，映其锦羽。乃言女郎之情思。次首后二句，谓楚峡云娇，为襄王之旧地，束素纤腰，迁延顾步，犹如往日宫妆。乃言女郎之身态。二诗为踏歌者写其情状也。

堤上行 刘禹锡

酒旗相望大堤头，堤下连樯堤上楼。

日暮行人争渡急，桨声鸦轧满中流。

《堤上行》与《踏歌词》，音节相似，但踏歌每言情思，此则写其景耳。首二句言酒楼临水，帆影排樯。写堤上所见。后二句言薄晚渡头之景。孟浩然鹿门诗以“渡头争渡喧”五字状之，此则衍为绝句，赋其景并状其声，较“野渡无人舟自横”句，喧寂迥殊矣。

竹枝词（六首） 刘禹锡

其一

白帝城头春草生，白盐山下蜀江清。

南人上来歌一曲，北人莫上动乡情。

此蜀江竹枝词也。首二句言夔门之景，以叠字格写之，两用“白”字，以生韵趣。犹“白狼山下白三郎”，亦两用“白”字。诗中偶有此格。后二句言，南人过此，近乡而喜。北人溯峡而上，则乡关愈远，乡思愈深矣。登白帝城而望，滟滪堆边，历历帆樯，不知多少征人愁风愁水也。

其二

山桃红花满上头，蜀江春水拍山流。

花红易衰似郎意，水流无限似侬愁。

前二句言，仰望则红满山桃，俯视则绿浮江水，亦言夔峡之景。第三句承首句山花而言，郎情如花发旋凋，更无余恋。第四句承次句蜀江而言，妾意如水流不断，独转回肠。隔句作对偶相承，别成一格，《诗经》比而兼兴之体也。

其三

日出三竿春雾消，江头蜀客驻兰桡。

凭寄狂夫书一纸，住在成都万里桥。

首二句纡徐取势，雾消日出，江上停桡，先言蜀客之在夔门。后乃转笔，述思妇之语。称曰狂夫者，怨词也。若谓千里怀人，但凭一纸；况妾居成都，万里桥边，为自古送别之地。李太白所谓“天下伤心处，劳劳送客亭”。此情其何以堪耶？

其四

城西门前滟滪堆，年年波浪不能摧。

懊恼人心不如石，少时东去复西来。

首句言滟滪堆所在之地。次句言数十丈之奇石，屹立江心，千百年急浪排推，凝然不动。后二句以石喻人心，从《诗经》“我心匪石”脱化，言人心难测，东西无定，远不如石之坚贞。慨世情之雨云翻覆，不仅如第二首之叹郎情易衰也。

其五

瞿唐嘈嘈十二滩，此中道路古来难。
长恨人心不如水，等闲平地起波澜。

首言十二滩道路艰难，以质朴之笔写之，合竹枝格调。第四首以石喻人心，此首以水喻人心。后二句言瞿唐以险恶著称，因水为万山所束，巨石所阻，激而为不平之鸣。一入平原，江流漫缓矣。若人心则平地可起波澜，其险恶殆过于瞿唐千尺滩也。

其六

杨柳青青江水平，闻郎江上踏歌声。
东边日出西边雨，道是无晴却有晴。

此词第四、第五两首之前二句，皆质直言之。此首起二句，则以风韵摇曳见长。后二句言，东西晴雨不同，以“晴”字借作“情”字。无情而有情，言郎踏歌之情，费人猜想。双关巧语，妙手偶得之。

杨柳枝词　　刘禹锡

炀帝行宫汴水滨，数株残柳不胜春。
晚来风起花如雪，飞入宫墙不见人。

此隋宫怀古之作，咏残柳以写亡国之悲，情韵双美，寄慨苍凉，与石头城怀古诗，皆推绝唱，宜白乐天称为诗豪也。同时李益有《隋宫燕》云：自从一闭风光后，几度飞来不见人。《汴河曲》云：行人莫上长堤望，风起杨花愁煞人。亦言故宫飞絮，寂寞无人，与梦得用意同，而用笔逊之。学诗者可衡校其故矣。

春词　　刘禹锡

新妆宜面下朱楼，深锁春光一院愁。
行到中庭数花朵，蜻蜓飞上玉搔头。

此春怨词也，乃仅曰“春词”，故但写春庭闲事，而怨在其中。第二句言一院春愁，即其本意。故三句言细数花朵，以遣其无聊之思。四句言适有蜻蜓，款款飞上搔头，为雾鬓风鬟，增其妍媚。较玉燕钗头之飐，更有天然姿态。恼人春思，正在花前缓步时也。

和令狐相公别牡丹　　刘禹锡

平章宅里一阑花，临到开时不在家。
莫道两京非远别，春明门外即天涯。

首言驰征奉使，辜负春光，纪和诗之事也。后言两京相望，虽驿路非遥，而一出春明，无异隔万重云树。咫尺之别，即是天涯，犹刹那之间，无殊千古。蒙庄齐物之观，不仅花木平泉，为天香惜别也。

移家别湖上亭　　戎　昱

好去春风湖上亭，柳条藤蔓系离情。
黄莺久住浑相识，欲别频啼四五声。

水亭风物，晨夕相依，一旦挥手而行，虽藤蔓柳条，亦低徊不舍。所谓“一花一草寻常见，待到离时却耐看”也。后二句写足前意，言枝上黄莺，因久住亦知依恋，数声啼彻，如唱骊歌。此诗流传北里，有叹赏者曰：戎君于花鸟，尚不忍舍去，其人之多情可知矣。

题惠照寺　　王　播

上堂已了各西东，惭愧阇黎饭后钟。
三十年来尘扑面，如今始得碧纱笼。

王播投斋之事，著传词苑。昔则饭后闻钟，今则碧纱笼句，此诗写尽炎凉世态。《题惠照寺》诗凡二首，其第二首云：三十年前此院游，木兰花发院新修。如今再到经行处，树老无花僧白头。其时播虽贵显，诗句笼纱，而旧院花凋，山僧老去，三十年禅院重来，觉人似秋鸿，事如春梦矣。

同李十一醉忆元九　　白居易

花时同醉破春愁，醉折花枝当酒筹。
忽忆故人天际去，计程今日到梁州。

人当花晨月夕，把酒寻欢，忽忆素心人不得此时同醉，为之惘然。此本性情中事。元白交谊深挚，微之别乐天诗云：我诗多是别君辞。可见两人之彼此眷怀也。首二句言与李十一芳时同醉，藉解春愁。以花枝作酒筹，想见其风趣。后二句言我辈欢娱，而故人行役，遥计征程辛苦，计此日可抵梁州。非特临觞怀远，其平日之抡指征程，关心驿路可知矣。

竹枝　　白居易

瞿唐峡口水烟低，白帝城头月向西。
唱到竹枝声咽处，寒猿晴鸟一时啼。

竹枝词者，用其词之格调也。此诗乃专咏竹枝词之声。首句唱竹枝之地，次句唱竹枝之时。后二句言，唱至最凄咽处，峡口之寒猿晴鸟，同时惊起而啼。异类皆为感动，极言其音调之悲。王渔洋诗：断雁哀猿和竹枝。殆本此诗也。

宫词　　白居易

泪尽罗巾梦不成，夜深前殿按歌声。
红颜未老恩先断，斜倚熏笼坐到明。

诗言露兰啼眼，夜不成眠，遥听前殿笙歌，悲乐之悬殊若是。方在盛年，已金环不御，此后身世茫茫，更将焉属。惟有耐寒倚火，坐待天明耳。作宫词者，多借物以寓悲。此诗独直书其事，四句皆倾怀而诉，而无穷幽怨，皆在“坐到明”三字之中。犹元微之“寥落古行宫”诗，亦直书其事，而前朝衰盛，皆在“说元宗”三字之中。元白本一代齐名，诗格与诗心亦相似也。

暮江吟　　白居易

一道残阳铺水中，半江瑟瑟半江红。
谁怜九月初三夜，露似珍珠月似弓。

此诗分两段写景。上二句言薄暮之景。大江空阔，阴晴划分，半为云气所掩，作瑟瑟秋光，半则一道斜阳，平铺水面，映江水而皆红。写江天晚景入妙。后二句言，一至深宵，如弓新月，斜挂楼头。正初三之夕，其时露气渐浓，如珠光的皪。正九月之时，夜色清幽，诵之觉凉生袖角。通首皆写景，惟第三句“谁怜”二字，略见惆怅之思，如水清愁，不知其着处也。

伊州　　白居易

老去将何散老愁，新教小玉唱伊州。
亦应不得多年听，未教成时已白头。

诗谓垂老多愁，令歌姬小玉，学唱伊州一曲，以遣有涯之生。乃曲未教成，而鬓丝已白。世之沉酣醉梦者，罗衣尚在，而春舞已休，金穴未成，而玉棺遽降。作者明知过客光阴，且及时行乐耳。亦有若“野人闲种树，树老野人前”，亲见手种成阴者，白傅倘能亲见教成乎？

魏王堤　　白居易

花寒懒发鸟慵啼，信马闲行到日西。
何处未春先有思，柳条无力魏王堤。

岁暮凄寒，鸟慵花懒。斜日西沉之际，在魏王堤上，信马行吟。其时春气已萌，虽枯干萧森，而堤柳已含有回青润意，万缕垂垂。自来诗家，鲜有咏及者。乐天以“无力”二字，状柳意之含春，与刘梦得之“秋水清无力”状水势之衰，皆体物之工者。

香山寺　　白居易

空门寂静老夫闲，伴鸟随云往复还。
家酝满瓶书满架，半移生计入香山。

此乐天晚年自述也。先言以闲人爱此空门，惟孤云野鸟，伴我往还。后言香山寺为其生计所在，佳酿满瓶，良书满架，已占其生计之半。第三句，即其自号醉吟先生之本意。乐天晚居香山，与僧如满结社，称香山居士。诗盖入山时作也。

永丰坊园中垂柳　　白居易

一树春风千万枝，嫩于金色软于丝。
永丰西角荒园里，尽日无人属阿谁。

王渔洋《秋柳》七律，怀古而兼擅神韵，传诵一时。乐天以二十八字写之，柳色之娇柔，旧坊之寥落，裙屐之凋零，感怀无际，可见诗格之高。乐天尚有《杨柳枝》诗云：红板江桥青酒旗，馆娃宫暖日斜时。可怜雨歇东风定，万树千条各自垂。专咏柳枝，不若永丰篇之有余味也。

重赠乐天　　元　稹

莫遣玲珑唱我诗，我诗多是别君辞。
明朝又向江头别，月落潮平是去时。

首二句，非但见交谊之厚，酬唱之多，兼有会少离多之意。故第三句以“又”字表明之，言明日潮平月落，又与君分手江头。灞岸攀条，阳关笛，人所难堪，况交如元白乎？题曰“重赠乐天”，见临别言之不尽也。

西归　　　　元　稹

五年江上损容颜，今日春风到武关。
两纸京书临水读，小桃花树满商山。

微之五年远役，归途至武关，得家书而喜，临水开缄细读。出入怀袖，奚止三周。前三句事已说尽，四句乃接写武关所见。晴翠商山，依然到眼，小桃红放，如含笑迎人。故乡云树，入归人之目，倍觉有情，非泛写客途风景也。

长安秋夜　　　　李德裕

内官传诏问戎机，载笔金銮夜始归。
万户千门皆寂寂，月中清露点朝衣。

唐人早朝诗，皆典丽之作，且赋晓景者为多。此诗言召对夜归，天街人静，惟觉零露瀼瀼，点朝衣而欲湿。写夜景如画，并见临政宵衣之瘁，廷臣退食之迟。彼夜深前殿，犹按笙歌者，可知朝政不修矣。

送僧　　熊孺登

云心自向山山去，何处灵山不是归。
日暮寒林投古寺，雪花飞满水田衣。

诗言山僧之去住无心，犹白云之在山，随处依留，初无滞相。后二句言，日暮归山，遥见漠漠寒林，深藏古寺，一任雪花飞舞，白满僧衣。如此清寒，空山独往，与刘长卿诗“荷笠带斜阳，青山独归远”，皆善写世外高踪也。

南园　　李　贺

长卿牢落悲空舍，曼倩诙谐取自容。
见买若耶溪水剑，明朝归去事猿公。

此长吉自伤身世也。首二句言汉时才俊，如相如者，尚以牢落兴嗟；如曼倩者，姑以诙谐自隐。文章既不为世用，不若归买若耶宝剑，求猿公击刺之术，把臂荆高，一吐其抑塞之气。诗因愤世而作，故第二首有“文章何处哭秋风”句，乃其本怀也。

酬答　　李贺

雍州二月海池春，御水鵁鶄暖白蘋。
试问酒旗歌板地，今朝谁是拗花人？

首二句赋雍州之春色。后二句言士女嬉春，所流连者，在歌板酒旗之地。若池畔好花，嫣然临水，解折枝相赏者，知是何人。可见孤秀自馨，难谐世俗也。长吉七岁，即受知于昌黎，弱冠授协律郎，而诗皆潦倒之词，《南园》诗尤为郁郁。天畀以才，而龚生竟夭，惜兰膏之自焚也。

刘郎浦　　吕温

吴蜀成昏此水浔，明珠步障幄黄金。
谁将一女轻天下，欲换刘郎鼎峙心。

刘郎浦在荆江畔。诗言吴蜀连姻，穷极奢丽，帷障之美，金珠交错，殆欲以声色荡其心。孰知英雄事业，决不以一女而舍其远略。后世之哲妇倾城者，六军驻马，莫救蛾眉，一怒冲冠，竟忘君父。但刘郎非其人耳。后人吊孙夫人云：魂归若过刘郎浦，还记明珠步障无？即用此诗也。

赠崔驸马　　杨巨源

百尺梧桐画阁齐，箫声落处彩云低。
平阳不惜黄金埒，细雨花骢踏作泥。

沁园甲第，本类天家。唐人咏公主府者，皆状其富丽。少陵之“秦楼郑谷，杂佩珊珊”亦即此意。此诗首句言楼阁之高，次句言歌管之盛。后二句言平阳贵主，以黄金饰埒，任花骢细雨，踏作春泥，亦所不惜。固言其豪侈，亦微讽之也。

秋夜曲　　王　涯

桂魄初生秋露微，轻罗已薄未更衣。
银筝夜久殷勤弄，心怯空房不忍归。

秋夜深闺，银筝闲抚。以婉约之笔写之，首言弓月初悬，露珠欲结。如此嫩凉庭院，而罗衫单薄，懒未更衣，已逗出女郎愁思。后二句言，夜深人静，尚拂筝弦，非殷勤喜弄也，以空房心怯，不忍独归，作无聊之排闷，锦衾角枕，其情绪可知。所谓“小胆空房怯，长眉满镜愁”，即此曲之意也。

宫词 王　涯

一从高鬟绿云光，宫样轻轻淡淡黄。
为看九天公主贵，外边争学内家妆。

古之闺饰，高髻为尚。六朝文所谓“鬟髻高而畏风”，当风欲避，其高可知。尝见唐代美人画砖，凡理妆、煎茶、烹鱼、涤器者，无不鬟云高拥。此诗言高鬟一丛，外边争学，殆中唐时，新样尤高。刘方平诗：新作蛾眉样，相效满城中。夫寻常眉样，尚相效争先，况贵主宫妆，宜为闺媛所羡。第二句之轻黄宫样，言之未详，其或若汉宫之额黄耶？

少年行 令狐楚

家本清河住五城，须凭弓箭得功名。
等闲飞鞚秋原上，独向寒云试射声。

首二句言家住五城，本关西将种，雕弓羽箭，镇日随身，为拾取青紫之具。后言其身手勤能，暇辄纵马平原，独试其落雁射雕之技。但见箭拂寒云，如汉代射声校尉之冥冥闻声必中。此少年之材武，较崔国辅之咏少年只解章台折柳者，迥不侔矣。

塞下曲（三首）　　张仲素

其一

三戍渔阳再渡辽，骍弓在臂剑横腰。
匈奴似欲知名姓，休傍阴山更射雕。

其二

朔雪飘飘开雁门，平沙历乱转蓬根。
功名耻记生擒数，直斩楼兰报国恩。

其三

阴碛茫茫塞草肥，桔槔峰上暮云飞。
交河北望天连海，苏武曾将汉节归。

塞下曲每言征战之苦，还乡之念，此三诗则专咏边将。第一首言，臂弓腰剑，五度从征，为匈奴所严惮，欲得之而甘心。劝勿傍阴山，虑有豫且之厄，乃惜其雄武之材也。第二首言，雁门百战，生缚强胡，殆不胜记。人以为荣者，己以为耻，因未能擒贼擒王，有不斩楼兰终不还之概，乃言其志愿之宏也。三首言，黄云白草，阴碛茫茫，北望更云水相连，乃苏武海上看羊之地。缅怀风烈，未肯多让前贤，乃表其节概之高也。有边材如此，诗所谓“赳赳武夫，公侯干城”者欤？

秋闺思（二首）　张仲素

其一

碧窗斜日霭深晖，愁听寒螀泪湿衣。
梦里分明见关塞，不知何路向金微。

其二

秋天一夜净无云，断续鸿声到晓闻。
欲寄征人问消息，居延城外又移军。

二诗咏秋闺忆远，皆以曲折之笔写之。第一首静夜怀人，形诸梦寐，常语也。诗乃言关塞历历，已见梦中，追欲身赴郎边，出门茫茫，何处是金微之路。则入梦徒然耳。第二首言欲寄相思，但凭尺素，亦常语也。诗乃言秋夜闻雁声，感雁足寄书之事，方欲裁笺，而消息传来，本住居延，又移军他去。寄书不达，情益难堪矣。唐人集中，多咏征夫思妇，宋以后颇稀，殆意境为前人说尽也。

汉苑行　　张仲素

春风淡荡景悠悠，莺啭高枝燕入楼。
千步回廊闻凤吹，珠帘处处上银钩。

诗为华清宫而赋。宫在骊山，累层而上。侍从之仪仗往来，宫眷之亭台徙倚，行人经山下者，仰望若仙都。元宗骊山避暑图，历历绘之。故千步回廊，可闻凤吹，银钩齐上，遥望珠帘。否则宫禁深严，非民间所得见也。张祜《华清宫》诗：碧云仙曲舞霓裳；又云：至今风俗骊山下，村笛犹吹阿滥堆。正如白乐天所谓“仙乐风飘处处闻”也。可见仲素此诗，乃咏当时实事，不敢明言，故题曰汉苑云。

蛮州　　张　籍

瘴水蛮中入洞流，人家多住竹棚头。
青山海上无城郭，惟见松牌记象州。

诗言蛮州所见。山民则多居竹屋，疆里则惟恃松牌，纪南荒之俗也。象州在万山中，唐代疆以戎索，虽岩邑而夙无城郭，但记松牌，瘴乡深阻，不过羁縻之州耳。

悼孟寂　　张　籍

曲江院里题名处，十九人中最少年。
今日春光君不见，杏花零落寺门前。

孟君以贾生之稚齿，登乡贡之巍科，当年十九人中，独夸年少。乃雁塔空题，而驹光遽逝，杏花犹在，换尽年华，慨功名若露电也。若明代申文定公题杏花云：记得曲江春日里，一枝曾占百花先。同是曲江探杏，而早列仙班，晚登台阁，其福泽胜孟君远矣。

法雄寺东楼　　张　籍

汾阳旧宅今为寺，犹有当时歌舞楼。
四十年来车马散，古槐深巷暮蝉愁。

汾阳以一代元勋，乃四十年中，棨戟高门，盛衰何速。赵嘏经汾阳故宅，有“古槐疏冷夕阳多”句，与此诗词意相似。但张诗明言其改为法雄寺，以带砺铭功之地，为香灯禅诵之场。有唐君相，不知追念荩臣，保其世业，剩有词客重过，对槐荫而咏叹耳。

秋思　　张　籍

洛阳城里见秋风，欲作家书意万重。
复恐匆匆说不尽，行人临发又开封。

诗言已作家书，而长言不尽，临发重开，极言其怀乡之切。作书者殷勤如是，宜得书者抵万金矣。凡咏寄书者，多本于性情。唐人诗，如“马上相逢无纸笔，凭君传语报平安”，仅传口语，亦慰情胜无也；“陇山鹦鹉能言语，为报家人数寄书”，盼书之切，托诸幻想也。明人诗：“万里山河经百战，十年重到故人书”，乱后得书，悲喜交集也。近人诗：“药债未完官税逼，封题空自报平安”，得家书而只益乡愁也；“忽漫一笺临眼底，丙寅三月十三封”，检遗札而追念故交也；“闻得乡音惊坐起，渔灯分火写平安”，远客孤舟，喜寄书得便也。诗本性情，此类之诗，皆至情语也。

凉州词　　张　籍

凤林关里水东流，白草黄榆六十秋。
边将皆承主恩泽，无人解道取凉州。

诗言凉州寇盗，已六十年矣，白草黄榆，年年秋老，而诸将坐拥高牙，都忘敌忾。少陵诗：独使至尊忧社稷，诸君何以答升平。花蕊夫人诗：四十万人齐解甲，更无一个是男儿。与文昌有同慨也。

宫词（二首） 张　籍

其一

新鹰初放兔尤肥，白日君王在内稀。
薄暮千门临欲锁，红妆飞骑向前归。

首句言鹰健兔肥，正堪射猎。次句言白日为勤政之时，乃不在宫廷，而在原野。后言直至暮色苍茫，千门欲闭，始见前导之红妆宫女，飞骑而归。其时宫女亦习射，举止效男子。王建诗云：射生宫女宿红妆，把得新弓各自张。临上马时齐赐酒，男儿跪拜谢君王。宸游无度，女子行围，与此诗情事相类。等于羽猎河南，止十旬之凤辇矣。

其二

黄金杆拨紫檀槽，弦索初张调更高。
理尽昨来新上曲，内官帘外送樱桃。

唐宫歌曲最精，奏霓裳曲者，上皇则亲授散声，贵妃则叠颁罗绮。梨园法部，不授外人，惟功臣得拜曲谱之赐。见王建《霓裳词》中。此诗前二句所言，与王建诗之“红蛮杆拨贴胸前”及“侧商调里唱伊州”，皆咏一事。后二句言，新曲教成，即受樱桃之赏。唐代尝新之例，先荐寝园，后颁臣下。王维诗“芙蓉阙下会千官”，可知典制殊崇。此因习曲而恩及歌者，见宠赐之滥加也。

江陵使至汝州　　　　张　籍

回看巴路在云间，寒食离家麦熟还。
日暮数峰青似染，商人说是汝州山。

诗言行役巴江，迨东返汝州，已阅三月之久。遥见暮山横黛，商人指点，知已到汝州。凡游子远归，未见家园，先见天际乡山一抹，若迎客有情，为之色喜，宜文昌之欣然入咏也。

华清宫　　　　王　建

酒幔高楼一百家，宫前杨柳寺前花。
内园分得温汤水，二月中旬已进瓜。

诗咏华清宫之盛，皆从宫外写之。唐京人口，有二百万之多。诗言宫外之繁庶，但数酒楼，已有百家，其他可知。论风景，则宫前之柳，寺外之花，生翠嫣红，与山光相映。论地气，因山有温泉，故暖气四时蒸发，内廷之园圃，时方二月，已见进瓜。诗咏华清宫，而从侧面写出，升平熙皋之象，自可想见。

十五夜望月　　王　建

中庭地白树栖鸦，冷露无声湿桂花。
今夜月明人尽望，不知秋思在谁家。

自来对月咏怀者，不知凡几，佳句亦多。作者知之，故著想高踞题颠，言今夜清光，千门共见。《月子歌》所谓“月子弯弯照九州，几家欢乐几家愁”。秋思之多，究在谁家庭院？诗意涵盖一切。且以“不知”二字作问语，笔致尤见空灵。前二句不言月，而地白疑霜，桂枝湿露，宛然月夜之景，亦经意之笔。

宫词（二首） 王 建

其一

延英引对绿衣郎，江砚宣毫各别床。
天子下帘亲考试，宫人手里过茶汤。

诗纪唐代试士之典，金銮载笔，玉座垂衣，极一时之盛。当日分曹角艺，人各一床，至尊亲手抡才，敕赐茶汤，由宫人捧递，想见恩遇之隆。殿廷考试，沿及千年，瞻顾玉堂，今如天上矣。

其二

家常爱着旧衣裳，空插红梳不作妆。
忽地下阶裙带解，非时应得见君王。

诗言旧衣爱着，不作新妆，见宫人之俭约也。后二句言，罗裙自解，忽逢吉兆，岂君王有非时之召见耶？裙带解，为相传古语，主喜庆之兆，不独玉台体之“莫是藁砧归”卜夫婿还乡也。王建宫词，凡数十首，皆纪唐宫之事，可作掖庭记观。仅录此二诗者，一纪临轩盛典，一纪相承谚语，在宫中琐事之外，诗句亦清新有致。

奉诚园闻笛　　窦　牟

曾绝朱缨吐锦茵，欲披荒草访遗尘。
秋风忽洒西园泪，满目山阳笛里人。

诗言当年东阁延宾，吐车茵而不憎，绝冠缨而恣笑，曾邀逾分优容。及重过朱门，而荒草流尘，难寻遗迹，秋老西园，不禁泪尽斜阳之笛矣。自来知己感恩者，牙琴罢流水之弦，马策极州门之恸，今昔有同怀也。

陪留守内巡至上阳宫　　窦　庠

愁云漠漠草离离，太液钩陈处处疑。
薄暮毁垣春雨里，残花犹发万年枝。

咏前朝遗构者，访铜雀而寻残瓦，过隋苑而问迷楼，皆于易代之后，沧桑凭吊。若洛中之上阳宫，则兴废仅数十年事，正朔未更，而离宫垂圮，宜过客兴周道之嗟。同时窦巩亦有诗云：高梧叶尽鸟巢空，洛水潺湲夕照中。寂寞天桥车马绝，寒鸦飞入上阳宫。一言春雨垣空，仅余残萼；一言天桥人散，飞入寒鸦，皆有百年世事之悲也。

襄阳寒食寄友　　窦　巩

烟水初销见万家，东风吹柳万条斜。
大堤欲上谁相伴，马踏春泥半是花。

诗言春水初融，杨枝一碧，大堤驱马，惜佳伴无人，惟见落花盈路，衬马足而生香。此诗怀友而兼写景，春色之融和，襄阳之繁盛，皆于笔底见之。

宫人斜　　窦　巩

离宫路远北原斜，生死深恩不到家。
云雨今归何处去，黄鹂飞上野棠花。

此诗吊宫人埋玉之地。第二句言，无论生死深恩，不得故乡归骨，深为致慨。窦有《南游感兴》诗云：伤心欲问前朝事，惟见江流去不回。日暮东风春草绿，鹧鸪飞上越王台。两诗一咏黄鹂，一咏鹧鸪，皆言鸟啼花落，惆怅遗墟，所谓“飞鸟不知陵谷变”也。后人习用之，遂成套语，而在中唐时作者，自有一种苍茫之感。

渡桑干　　贾　岛

客舍并州已十霜，归心日夜忆咸阳。
无端更渡桑干水，却望并州是故乡。

此诗曲写其客中怀抱也。言家本秦中，自赴东北之并州，屈指已及十载。正日夕思归，乃又北渡桑干，望秦关更远；而并州久住，未免有情，南云回首，亦权作故乡矣。作七绝者，或四句一气贯注，或曲折写出，而仍能一气，最为难到之境。学诗之金针也。

赠天竺灵隐二寺主　　权德舆

石路泉流两寺分，寻常钟磬隔山闻。
山僧半在中峰住，共占清猿与白云。

西湖诸刹，灵隐得名最先。天竺本翻经院，隋时建天竺寺。皆慧理禅师道场，桂子天香之胜，两寺共之。白乐天诗：两寺原从一寺分，一山分作两山门。此诗即白诗之意，故首二句，言泉流为两寺所共，钟磬亦隔山互闻。后言住中峰之僧，猿声云气，亦彼此共之，以呼猿洞、饭猿台遗迹，在灵隐天竺之间也。

杂兴　　权德舆

巫山云雨洛川神，珠襻香腰稳称身。
惆怅妆成君不见，含情起立问旁人。

首句以神女洛妃为喻，见仙貌之出群。次句言其衣裳之丽，姿态之佳。后二句言，妆成如此妍华，而君不见，丽质未甘自弃，含情惆怅，却问旁人。诗意借喻怀才不遇者，降志求荣，亦等于美人之所欢不见，无聊而问及旁人也。

折杨柳　　张　祜

凝碧池边敛翠眉，景阳楼下绾青丝。
那胜妃子朝元阁，玉手和烟弄一枝。

诗言柳枝披拂，或在凝碧池头，效深颦之翠黛，或在景阳楼下，作细绾之青丝，皆寻常景物耳。一入朝元阁畔，妃子手中，玉纤亲把，同是柔条一缕，备觉婀娜有情。此诗咏柳，固有新意，且用两层逼写法，作他题亦可类推，不独咏杨柳也。

集灵台　　　　张　祜

虢国夫人承主恩，平明骑马入宫门。
却嫌脂粉污颜色，淡扫蛾眉朝至尊。

宫禁森严之地，虢国夫人纵骑而入，言其宠之渥也。脂粉转嫌污面，蛾眉不费黛螺，言其色之丽也。祜复有《咏小管》诗云：虢国潜行韩国随，宜春深院映花枝。金舆远幸无人见，偷把邠王小管吹。可见唐宫禁令懈弛，銮舆一出，虢国恣意而行。更证以祜之“金舆未到长生殿，妃子偷寻阿鹘汤”句，宫事中之潜行窬检，不仅小管偷吹也。

雨淋铃　　　　张　祜

雨淋铃夜却归秦，犹是张徽一曲新。
长说上皇和泪教，月明南内更无人。

元宗幸蜀，至剑州上亭驿，即郎当驿，夜雨闻驮铃声，问黄幡绰曰：“铃语云何？”对曰：“似云三郎郎当。”因命伶人张野狐制曲，名曰“雨淋铃”。及旋跸长安，重闻此曲，为之泫然。张祜此诗，音调凄婉欲绝，若元宗见之，如闻落叶哀蝉之曲矣。

游淮南　　张　祜

十里长街市井连，月明桥上看神仙。
人生只合扬州老，禅智山光好墓田。

扬州之繁丽，以亭台花月著称。若论山川之秀，远逊江南。作者独爱禅智山光，至欲为百岁魂游之地，亦人各有好也。近人有“人生只合江南住，满眼倪迂画里山”句，第三句与张诗同意，而结句之蕴藉胜之。

曲江春望　　唐彦谦

杏艳桃光夺晚霞，乐游无庙有年华。
汉朝冠盖皆陵墓，十里宜春下苑花。

诗言曲江春日，桃杏争妍，烂如霞绮。纵遗庙荒无，而年光依旧。后二句即承上意，言当日满朝冠盖，何等尊荣，乃一掩黄肠，功名都尽。试看宜春苑里，依然十里春光。信乎造物无情，不以兴亡而更其物态也。

长门怨　　裴交泰

自闭长门经几秋，罗衣湿尽泪还流。
一种蛾眉明月夜，南宫歌管北宫愁。

诗人咏宫怨者，每以欢愁之境对写，以表其怨。此诗南宫北宫，更明白言之。长年永巷，情固难堪。偶忆高念东《襄阳》诗云：羊公流涕山公醉，并枕残碑卧夕阳。夫以羊公之贤，山公之达，两相衡比，亦不过并卧斜阳。彼南北宫之一瞥悲欢，皆等于电谢，他日月明南内，更有何人耶?

郡中　　羊士谔

红衣落尽暗香残，叶上秋光白露寒。
越女含情已无限，莫教长袖倚阑干。

渚莲香尽，露气初，此时越女伤秋，已觉乱愁无次。若更曳长袖而倚回阑，对此凄清池馆，将添得愁思几许。此诗善用曲笔，如竟言惆怅凭阑，便觉少味矣。

泛舟后溪　　羊士谔

雨余芳草净沙尘，水绿滩平一带春。
惟有啼鹃似留客，桃花深处更无人。

凡山水佳处，每在幽深之境，屐齿所不到，山容水态，弥觉静趣招人。此诗先言前溪过雨之景，后言行至桃花深处，寂无人迹。啼鸟忘机，似解声声留客，勿辜负溪山。朱湾诗所谓“渐来深处渐无人”也。同时刘商，有《题黄陂夫人祠》云：东风三月黄陂水，只见桃花不见人。与此诗第四句相似，但一纪清游，一怀灵迹，句同而意殊也。

宫中词　　朱庆馀

寂寂花时闭院门，美人相并立琼轩。
含情欲说宫中事，鹦鹉前头不敢言。

此诗善写宫人心事，宜为世所称。凡写宫怨者，皆言独处含愁，此则幸逢采伴，正堪一诉衷情。奈鹦鹉当前，欲言又止，防饶舌之灵禽，效灰盘之画字。只学金人缄口，不闻玉女传言，对锁蛾眉，一腔幽怨。宜宫中事秘，世莫能详矣。

题潘师房　　刘　商

渡水傍山寻绝壁，白云飞处洞门开。
仙人来往行无迹，石径春风长绿苔。

诗言潘师所居，洞门在白云深处，寻访为劳。后言道人应与仙真来往，但仙人行空，足不履地，寻遗迹而无从。诗意或言仙本虚无，或言求仙不遇，或言笙鹤之灵迹虽遥，而山水之清音长在。即春风苔径，已幽绝尘寰，作诗之意，潘师倘能领会之。

寄友　　李群玉

野水晴山雪后时，独行村路更相思。
无因一向溪头醉，处处寒梅映酒旗。

此诗有委婉之致。郊外行吟，有怀良友，以闲淡之笔写之。言梅花多处，一角酒楼，为当日佳侣招邀，踏雪提壶之处。今暗香疏影依然，而独行无伴，不胜停云霭霭之思也。

黄陵庙 李群玉

黄陵庙前莎草春，黄陵女儿茜裙新。
轻舟小楫唱歌去，水远山长愁煞人。

诗言黄陵女儿，荡轻舟而去，无限愁心，付诸云水。其茜裙游女，托微波之辞耶？抑空明兰桨，望断美人耶？此类诗，重在音节苍凉入古，而微意自在其间，不须说尽也。

题王侍御宅 李群玉

门向沧江碧嶂开，地多鸥鹭少尘埃。
绿阴十里滩声里，闲去王家看竹来。

王侍御之宅，门对沧江，鸥鸟相依，青山不厌，可称尘外高踪。此十里之间，滩声浩浩，碧树沉沉。在此佳地经过，已非俗客，况更向王家看竹？贤主嘉宾，可与竹林诸贤，把臂而入矣。张船山诗：居人长住真奇福，过客能游亦胜缘。当为王李二君咏之。

赠歌人郭婉　　殷尧藩

石家金谷旧歌人，起唱花筵泪满巾。
红粉少年诸弟子，一时惆怅望梁尘。

郭婉为旧宅之歌姬，身经桑海，故重唱花筵，不觉罗巾泪湿。其教曲弟子中，比红少女，惨绿诸郎，方在盛年，焉知感旧，而为其哀音所动，亦同时惆怅，望绕梁三日之尘。与穆宫人云间忆歌，感怀织女，柳依依阳关按拍，怨入落花，同是紫霞凄调，不堪说与春知也。

赠杨炼师　　鲍　溶

道士夜诵蕊珠经，白鹤下绕香烟听。
夜移经尽人上鹤，天风吹入秋冥冥。

此诗用拗韵，觉音调有古逸之趣。昔有道士慕冲举，欲骑鹤升空，而鹤压毙。陈沆嘲以诗云：鸾腰鹤背无多力，传语麻姑借大鹏。见郑文宝《南唐近事》。此道士果能使白鹤听经，且骑鹤上天耶？作者殆嘲讽之。

闻玉蕊院真人降　　严休复

羽车潜下玉龟山，尘世何由睹蕣颜。
惟有无情枝上雪，好风吹缀绿云鬟。

此与鲍溶赠炼士诗，皆以虚无之想，托诸歌咏。但鲍诗确凿言之，此诗云仙无人见，第二句已明言之。后二句言，得稍傍铢衣者，惟有无情之雪，因回风飞舞，或能点缀云鬟。而俄顷雪消，亦等于露电。仙踪玉蕊，果谁见之耶？以诗句论，前首鲍溶之天风冥冥，此诗之好风吹鬟，皆空灵缥缈之笔也。

湘君祠　　陈　羽

二妃泣处湘江深，二妃愁处云沉沉。
商人滴酒庙前草，萧飒风生斑竹林。

此诗通首不用谐律，颇合竹枝词风调。诗言云暗江深，是当日英皇对泣处。至今野庙临江，行客有怀，向荒祠酹酒，数丛斑竹摇风，秋声飒飒，犹疑洒泪时也。咏湘妃竹者，若贾岛咏斑竹杖云：莫嫌滴沥红斑少，恰是湘妃泪尽时。杜牧咏斑竹篳云：分明知是湘妃泪，何忍将身卧泪痕。二诗着力太过，不若羽诗之虚写得神也。

过勤政楼　　杜　牧

千秋佳节名空在，承露丝囊世已无。
惟有紫苔偏称意，年年因雨上金铺。

开元之勤政楼，在长庆时，白乐天过之，已驻马徘徊。及杜牧重游，宜益见颓废。诗言问其名则空称佳节，求其物已无复珠囊。昔年壮丽金铺，经春雨年年，已苔花绣满矣。后人《过萤苑》诗云：闪闪寒燐犹得意，夜深来往豆花丛。与此诗后二句同意。因废苑荒凉，为萤火苍苔滋生之地。客子所伤心者，正萤与苔所称意，其荒寂可知矣。

过华清宫　　杜　牧

长安回望绣成堆，山顶千门次第开。
一骑红尘妃子笑，无人知是荔枝来。

首二句赋本题。宫在骊山之上，楼台花木，布满一山，亦称绣岭，故首句言绣成堆也。后二句言，回想当年，滚尘一骑西来，但见贵妃欢笑相迎，初不料为驰送荔枝，历数千里险道蚕丛，供美人之一粲也。唐人之过华清宫者，辄生感喟，不过写盛衰之意。此诗以华清为题，而有褒姬烽火一笑倾周之慨，可谓君房妙语矣。

登乐游原　　杜　牧

长空淡淡孤岛没，万古消沉向此中。
看取汉家何事业，五陵无树起秋风。

诗后二句言汉家盛业，青史烂然，而五陵寂寞，只余老树吟风，已可深慨；今并树无之，其荒寒为何等耶！前二句尤佳，有包扫一切之概。犹岑参《登慈恩塔》诗：五陵北原上，万古青濛濛。若置身阆风之颠，俯视万象，类泡影之明灭也。宋人词：消沉今古意无穷，尽在长空淡淡鸟飞中，即袭用此诗。

沈下贤　　杜　牧

斯人清唱何人和，草径苔芜不可寻。
一夕小敷山下路，水如环佩月如襟。

前二句言独行苔径，清咏无人，乃怀沈下贤也。后言重过小敷山下，明月堕襟，水声鸣佩，凝想悠然。诗意若有微波通辞之感，不类停云怀友之诗，何风致绰约乃尔？其有哀窈窕思贤才之意乎？

将赴吴兴登乐游原　　杜　牧

清时有味是无能，闲爱孤云静爱僧。
欲把一麾江海去，乐游原上望昭陵。

司勋将远宦吴兴，登乐游原而遥望昭陵，追怀贞观，有江湖魏阙之思。前二句诗意尤深，言升平之世，宜致身君国，安得有清闲之味。惟其自顾无能，不足为世用，亦不与世争，始觉其有味也。第二句承首句有味而言，若谓闲中之味，爱天际孤云，无心舒卷；静中之味，爱空山老衲，相对忘言。具如是襟怀，则一麾南去，任其宦海沉浮耳。

江南春　　杜　牧

千里莺啼绿映红，水村山郭酒旗风。
南朝四百八十寺，多少楼台烟雨中。

前二句言江南之景，渡江梅柳，芳信早传。袁随园诗所谓“十里烟笼村店晓，一枝风压酒旗偏”，绝妙惠崇图画也。

后言南朝寺院，多在山水胜处，有四百八十寺之多。况空濛烟雨之时，罨画楼台，益增佳景。小杜曾有“倚遍江南寺寺楼”句，刘梦得有“遍上南朝寺”句，可见琳宫梵宇，随处皆是。杭州湖山之间，唐以前有三百六十寺。宋南渡后，增至四百八十寺。见《西湖游览志》。唐宋两朝，吴越间寺院之多，其数适同也。

题城楼　　　　杜　牧

鸣轧江楼角一声，微阳潋潋落寒汀。
不用凭阑苦回首，故乡七十五长亭。

烟水迷茫，斜日将沉之际，危楼一角，画角声低。言登临所闻见也。后二句，默数归程，有七十五长亭之远。无路奋飞，安用凭阑极目耶？凡客子登高，乡山遥望，已情所难堪。今言料无归计，不用回头，其心愈苦矣。

初冬夜饮　　　　杜　牧

淮阳多病偶求欢，客袖侵霜举烛盘。
砌下梨花一堆雪，明年谁此凭阑干？

淮南雪夜，小饮一杯，聊遣客中情况。玉砌飞花，暂娱此夕，明岁之倚阑吟赏者，知属何人。杜少陵诗：明年此会知谁健，醉把茱萸仔细看。张梦晋诗：高楼明月清歌夜，此是生平第几回。明知胜会不常，未免有情难遣，东坡所谓“此生此夜不常好，明月明年何处看”也。

醉后题僧院　　杜　牧

觥船一棹百分空，十载青春不负公。
今日鬓丝禅榻畔，茶烟轻飏落花风。

诗谓十载以来，芳时买醉，未尝辜负春光。今以吴监点鬓之年，在禅阁缁经之地，落花风里，竹院煎茶，藉云液一杯，消除酒渴，亦称清福矣。放翁诗：春烟寺院敲茶鼓，夕照楼台卓酒旗。皆写诗人闲适之致。

赤壁　　杜　牧

折戟沉沙铁未销，自将磨洗认前朝。
东风不与周郎便，铜雀春深锁二乔。

诗言赤壁鏖兵之地，沙中折戟，犹认残痕。寻废镞于长平，出断戈于灞上，千古英雄战伐，可胜叹耶！后二句言，周郎亦侥幸成功，设当日东风不竞，则二乔丽质，将归铜雀台中，在宫女分香之列，安得儿女江山，流传名迹乎？

泊秦淮　　杜　牧

烟笼寒水月笼沙，夜泊秦淮近酒家。
商女不知亡国恨，隔江犹唱后庭花。

后庭一曲，在当日琼枝璧月之场，狎客传笺，纤儿按拍，无愁之天子，何等繁荣！乃同此珠喉清唱，付与秦淮寒夜。商女重歌，可胜沧桑之感。刘梦得诗：淮水东边旧时月，夜深还过女墙来。无情之明月，宜其不解悲欢。以商女之明慧善歌，而亦如无知之木石。独有孤舟行客，俯仰兴亡，不堪重听耳。

题桃花夫人庙　　杜　牧

细腰宫里露桃新，脉脉无言度几春。
至竟息亡缘底事，可怜金谷堕楼人。

咏桃花夫人者，多讥刺之语。诗谓息之亡国，端为何人，乃仅以不语表其哀怨，有愧于绿珠风节矣。后人有句云：千古艰难惟一死，伤心岂独息夫人。虽为息姬原谅，而致慨者尤多。故吴骏公有“止欠一死”之叹也。

寄扬州韩绰判官　　杜　牧

青山隐隐水迢迢，秋尽江南草未凋。
二十四桥明月夜，玉人何处教吹箫？

首句言列岫横云，遥波荡夕，谓扬州之远也。次言芳草一碧，未觉秋寒，谓气候之美也。后二句言，当年二十四桥头，飞羽觞而醉月，听微风之过箫，浓情化酒，滴滴皆甘。今宵明月依然，箫谱重修，何处问玉人踪迹？洵如其《遣怀》诗所谓一梦青楼，真成薄幸矣。

南陵道中　　杜　牧

南陵水面漫悠悠，风紧云寒欲变秋。
正是客心孤迥处，谁家红袖凭江楼。

此诗纯以轻秀之笔，达宛转之思。首句咏南陵，已有慢橹开波之致。次句咏江上早秋，描写入妙。后二句尤神韵悠然，意谓客怀孤寂之时，彼美谁家，江楼独倚。因红袖之当前，忆绿窗之人远，遂引起乡愁。云鬟玉臂，遥念伊人，客心更无以自聊矣。

遣怀　　杜　牧

落魄江湖载酒行，楚腰纤细掌中轻。
十年一觉扬州梦，赢得青楼薄幸名。

此诗着眼在“薄幸”二字。以扬郡名都，十年久客，纤腰丽质，所见者多矣，而无一真赏者，不怨青楼之萍絮无情，而反躬自嗟其薄幸，非特忏除绮障，亦诗人忠厚之旨。

山行　　杜　牧

远上寒山石径斜，白云深处有人家。
停车坐爱枫林晚，霜叶红于二月花。

诗人之咏及红叶者多矣，如“林间暖酒烧红叶”、“红树青山好放船”等句，尤脍炙词坛，播诸图画。惟杜牧诗专赏其色之艳，谓胜于春花，当风劲霜严之际，独绚秋光。红黄绀紫，诸色咸备，笼山络野。春花无此大观，宜司勋特赏于艳李桃外也。

怀吴中冯秀才　　杜　牧

长洲苑外草萧萧，却计邮程岁月遥。
惟有别时今不忘，暮烟秋雨过枫桥。

唐人送友诗，大抵把酒牵裾，临歧送目，写黯然南浦之怀。此独追忆昔年临别情景，烟雨枫桥宛然在目。深情积思，等于久要不忘之谊也。

七夕　　杜　牧

银烛秋光冷画屏，轻罗小扇扑流萤。
瑶阶夜色凉如水，坐看牵牛织女星。

为秋闺咏七夕情事。前三句写景极清丽，宛若静院夜凉，见伊人逸致。结句仅言坐看双星，凡离合悲欢之迹，不着毫端，而闺人心事，尽在举头坐看之中。若漠漠无知者，安用其坐看耶?

华清宫　　杜　牧

零叶翻红万树霜，玉莲闲蕊暖泉香。
行云不下朝元阁，一曲淋铃泪万行。

前二句赋骊山秋色及华清池。三句追忆杨妃，用空灵之笔。画阁犹开，而巫云梦断；张徽一曲，南内无人，宜元宗之挥泪也。

郡楼有宴病不赴　　杜　牧

十二层楼敞画檐，连云歌尽草纤纤。
空堂病怯阶前月，燕子嗔垂一桁帘。

前二句平叙郡楼欢宴，经意处在后二句。空阶明月，辜负良宵。用一“怯”字，已足状病中慵态；更言重帘不卷，写足深院无人之静境。而托诸燕子嗔垂，意尤深婉。

边上闻笳　　杜　牧

何处吹笳薄暮天，塞垣高鸟没狼烟。
游人一听头堪白，苏武争禁十九年。

诗有咏正面难于出色，而侧击旁敲，更为得力者，此类诗是也。苏武绝域羁臣，备尝艰苦。作者既咏悲笳感人，复借笳声，以咏苏武，用“一听头白”四字，以见十九年中，历人所难堪之境。况悠长岁月，所闻者宁止胡笳！此二句，可谓力透纸背矣。

金谷园　　杜　牧

繁华事散逐香尘，流水无情草自春。
日暮东风怨啼鸟，落花犹似坠楼人。

前三句景中有情，皆含凭吊苍凉之思。四句以花喻人，以落花喻坠楼人，伤春感昔，即物兴怀，是人是花，合成一派凄迷之境。

暮春浐水送别　　韩　琮

绿暗红稀出凤城，暮云宫阙古今情。
行人莫听宫前水，流尽年光是此声。

题虽送别，而全首诗意，全不在此。第二句，已有秦宫汉殿，兴亡今古之怀。四句更寄慨无穷。年光冉冉，难挥落日之戈；逝水滔滔，孰鼓回澜之力。何其意之超而音之悲耶？

戏赠李主簿　　施肩吾

官罢江南客恨遥，二年空被酒中消。
不知暗数春游处，偏忆扬州第几桥。

解组归来，历二年之久，借酒消愁。回首京华冠盖，文酒登临，何事不堪追忆，而偏忆扬州风月！李主簿绮障未销，宜其题为“戏赠”云。

和孙明府怀旧山　　雍　陶

五柳先生本在山，偶然为客落人间。
秋来见月多归思，自起开笼放白鹇。

因思归而起放白鹇，推己及物，蔼然仁言。与“剔开红焰救飞蛾”同一慈惠之思，并见困守尘埃。正如东坡诗之“常恐樊笼中，摧我鸾鹤襟”也。

城西访友人别墅　　雍　陶

澧水桥西小径斜，日高犹未到君家。
村园门巷多相似，处处春风枳壳花。

咏乡村风物者，宜以闲淡之笔，写天然之景，山花野草，皆可入诗。王渔洋自赏其“开遍空山白芨花”句，颇似此作第四句之意。村居门户，大致相类，不似城居楼宇，斗丽争新。而春色无私，不以郊居简陋，而减其景物。诵“处处春风”句，为之意远。

天津桥春望　　雍　陶

津桥春水浸红霞，烟柳风丝拂岸斜。
翠辇不来金殿闭，宫莺衔出上阳花。

极写津桥烟景之丽，益见故宫荒寂之悲。宫花无主，付与流莺，句殊凄恻。崔鲁诗：门横金锁悄无人，落日西风渭水滨。刘禹锡诗：晚来风起花如雪，飞入宫墙不见人。隋苑唐宫，一例销沉腐草，良可悲矣。

华山题王母祠　　李商隐

莲花峰下锁雕梁，此去瑶池地正长。
好为麻姑到东海，劝栽黄竹莫栽桑。

唐人咏神仙诗，每含警讽。义山此诗亦然。以王母之神奇，何虑沧桑变易，诗乃言莫栽桑树，瞬成沧海，贻笑麻姑，不若歌成黄竹，万年之为乐未央，殆有讽意也。其“瑶池阿母”一首，意亦相似。

北齐　　李商隐

巧笑知堪敌万几，倾城最在着戎衣。
晋阳已陷休回顾，更请君王猎一回。

名都已失，戎马生郊，而犹羽猎戎装，掷金瓯而不顾。后二句神采飞扬，千载下诵之，如闻香口宛然，词人妙笔也。俯仰黍离遗恨，南内方起桂宫，而北兵近逾瓜步；擒虎已临铁甲，而丽华犹唱琼枝，酣嬉亡国，宁独小怜一笑耶？又有咏齐宫云：梁台歌管三更罢，犹自风摇九子铃。人去台空，风铃自语，不着议论，洵哀思之音也。

夜雨寄北　　李商隐

君问归期未有期，巴山夜雨涨秋池。
何当共剪西窗烛，却话巴山夜雨时。

清空如话，一气循环，绝句中最为擅胜。诗本寄友，如闻娓娓清谈，深情弥见。此与“客舍并州已十霜”诗，皆首尾相应，同一机轴。

寄令狐郎中　　李商隐

嵩云秦树久离居，双鲤迢迢一纸书。
休问梁园旧宾客，茂陵秋雨病相如。

义山与令狐相知久，退闲以后，得来书而却寄以诗，不作乞怜语，亦不涉觖望语。鬓丝病榻，犹回首前尘，得诗人温柔悲悱之旨。

汉宫词　　李商隐

青雀西飞竟未回，君王长在集灵台。
侍臣最有相如渴，不赐金茎露一杯。

前二句言求仙之虚妄，以一“竟”字唤醒之，而君王仍长日登台不悟。三四句以相如病渴、金盘承露两事，连缀用之，见汉武之见贤而不能举。此殆借酒以浇块垒，自嗟其身世也。

柳　　李商隐

曾逐东风拂舞筵，乐游春苑断肠天。
如何肯到清秋日，带得斜阳又带蝉。

此咏柳兼赋兴之体也。当其袅筵前之舞态，拂原上之游人，曾在春风得意而来。乃一入清秋，而枝抱残蝉，影低斜日，光景顿殊。作者其以柳自喻，发悲秋之叹耶？抑谓柳之无情，虽芳时已过，而带蝉映日，犹逞余姿，不知有江潭摇落之感耶？但觉诵之凄黯耳。

为有　　李商隐

为有云屏无限娇，凤城寒尽怕春宵。
无端嫁得金龟婿，辜负香衾事早朝。

寒尽怕春宵句，殆有春色恼人眠不得之意。夫婿方金龟贵显，辨色趋朝，古乐府所谓“东方千余骑，夫婿居上头”，正闺人满志之时，乃转怨金阙之晓钟，破锦帷之同梦。人生欲望，安有满足之期。以诗而论，绮思妙笔，固香屑集中佳选也。

饮席代官妓赠两从事　　李商隐

新人桥上着春衫，旧主江边侧帽檐。
愿得化为红绶带，许教双凤一时衔。

化为绶带二句，从渊明闲情诗“愿在发而为泽，愿在履而为丝”等句点化而出。身化双带，分系新旧从事，颇见巧思。近人孙原湘诗：何缘身作王余片，分属江东大小乔。王余乃一鱼两身之鱼，较绶带尤为切合。

咏史　　李商隐

北湖南埭水漫漫，一片降旗百尺竿。
三百年间同晓梦，钟山何处有龙盘。

金陵虽踞江山之胜，而王业不偏安。六朝之爝火兴亡无论矣，即明祖开基，而燕师旋起。玉溪谓三百年间，降旗屡举，知虎踞龙盘，未可恃金汤之固。其后五代匆匆起灭，仅甲子一周。玉溪生有灵，当谓晓梦之言验矣。

汉宫　　李商隐

通灵夜醮达清晨，承露盘晞甲帐春。
王母西归方朔去，更须重见李夫人。

此诗与集中《王母祠》、《瑶池》二诗相似。西母遐升，东方玩世，即李夫人之帐中神采，亦望而莫接。玉化如烟，而汉武崇尚虚无，迄无觉悟。唐代尊奉老聃，宫廷每尊奉仙灵，相沿成习。玉溪借汉宫以托讽耳。

江东　　李商隐

惊鱼泼刺燕翩翾，独自江东上钓船。
今日春光太飘荡，谢家轻絮沈郎钱。

江东为衣冠文物荟萃之区。英豪才俊，辉映简册者，固代有其人，而其中孤客羁栖，美人沦落者，不知凡几。诗中谢絮沈钱，殆为文士名媛，齐声一叹。不若扁舟江上，看燕飞鱼跃，翛然物外也。

宫词　　李商隐

君恩如水向东流，得宠忧移失宠愁。

莫向尊前奏花落，凉风只在殿西头。

唐人赋宫词者，鸦过昭阳，阶生春草，防琼轩之鹦语，盼月夜之羊车，各写其怨悱之怀。此诗独深进一层写法，谓不待花枝零落，预料凉风将起，堕粉飘红，弹指间事，犹妾貌未衰，而君恩已断。其语殊悲。推其第二句移宠之意，士大夫之患得患失，因之丧志辱身者多矣，岂独宫人之回皇却顾耶？

望远　　李商隐

楼上黄昏望欲休，玉梯横绝月中钩。

芭蕉不展丁香结，同向春风各自愁。

前二句楼上玉梯之意，与李白之“暝色入高楼，有人楼上愁。玉梯空伫立，望断归飞翼”词意相似。乃述望远之愁怀。后二句，即借物写愁。丁香之结未舒，蕉叶之心不展，春风纵好，难破愁痕。物犹如此，人何以堪。可谓善怨矣。

板桥晓别　　李商隐

回望高城落晓河，长亭窗户压微波。
水仙欲上鲤鱼去，一夜芙蓉红泪多。

玉溪之绝句，或运典雅切，或构思深湛者为多，而全用辞采者少。此作三四句，纯以凄艳之词，寓伤离之意。行者则托诸鲤鱼，别泪则托诸芙蓉，寄情于景，且神韵悠然，集中稀见也。

过楚宫　　李商隐

巫峡迢迢旧楚宫，至今云雨暗丹枫。
微生尽恋人间乐，只有襄王忆梦中。

唐人有咏襄王诗云：楚峡云娇宋玉愁，月明溪静隐银钩。襄王定是思前梦，又抱霞衾上翠楼。与此诗第四句合观之，若仅言襄王之幻境流连，乐而忘返；然合此诗三四句观之，则人生万象当前，刹那间皆成泡影，有何乐之可恋，而世人不悟，不若迷离一枕，与世相遗。作者其有出世之想，借襄王为喻也。

嫦娥　　李商隐

云母屏风烛影深，长河渐落晓星沉。
嫦娥应悔偷灵药，碧海青天夜夜心。

嫦娥偷药，本属寓言；更悬揣其有悔心，且万古悠悠，此心不变，更属幽玄之思。词人之戏笔耳。

忆住一师　　李商隐

无事经年别远公，帝城钟晓忆西峰。
炉烟消尽寒灯晦，童子开门雪满松。

第三四句之写景，皆从二句之“忆”字而来。香尽灯昏，松林雪满，在城居夜坐时，悬想山寺清寒之境。与韦应物《寄璨师》诗“冻雪封松竹，悬灯独自宿”等句，意境极相似，皆遥写山僧静趣也。

寄蜀客　　李商隐

君到临邛问酒垆，近来还有长卿无？
金徽却是无情物，不许文君忆故夫。

此诗意有所讽，相如文君，乃假托之词，否则远道寄诗怀友，而泛论千载上临邛事，于义无取。诗人咏文君者，每有微辞，此则归咎金徽。意谓文君若无丝桐吟咏之才，则相如无缘接近，盖深惜为多才所误。犹之西第颂成，致损马融之望；美新论就，终嗟投阁之才。文人失足，岂独才媛。题标蜀客者，本属无是公，藉以寓讽耳。

贾生　　李商隐

宣室求贤访逐臣，贾生才调更无伦。
可怜夜半虚前席，不问苍生问鬼神。

玉溪绝句，属辞蕴藉，咏史诸作，则持正论，如《咏宫妓》及《涉洛川》、《龙池》、《北齐》与此诗皆是也。汉文贾生，可谓明良遇合，乃召对青蒲，不求谠论，而涉想虚无，则孱主庸臣，又何责耶？

赠弹筝人　　温庭筠

天宝年中事玉皇，曾将新曲教宁王。
钿蝉金雁皆零落，一曲伊州泪万行。

唐天宝间，君臣暇逸，歌舞升平。由极盛而逢骤变，由离乱而复收京。残余菊部，白头犹念先皇；老去词人，青琐重瞻禁苑。闻歌感旧，屡见于诗歌。如：白尽梨园弟子头，旧人惟有米嘉荣。一曲淋铃泪万行，村笛犹歌阿滥堆。皆有重闻天乐不胜情之感，与飞卿之金雁钿蝉，齐声一叹也。

瑶瑟怨　　温庭筠

冰簟银床梦不成，碧天如水夜云轻。
雁声远过潇湘去，十二楼中月自明。

通首纯写秋闺之景，不着迹象，而自有一种清怨。题为“瑶瑟怨”，以之谱入冰弦，如听阳关凄调也。首句“梦不成”三字，略露闺情。以下由云天而闻雁，而南及潇湘，渐推渐远，怀人者亦随之神往。四句仍归到秋闺。雁书莫寄，剩有亭亭孤月，留伴妆楼。不言愁而愁与秋宵俱永矣。飞卿以诗人而兼词手，此诗高浑秀丽，作词境论，亦五代冯韦之先河也。

赠郑征君　　温庭筠

一抛兰棹逐燕鸿，曾向江湖识谢公。

每到朱门还怅望，故山多在画屏中。

首句谓释褐趋朝。次句谓江湖旧谊。三四句谓回首乡山，聊藉画屏以涉想。虽荣列朱门，而已违初愿。夫弓旌应召，亦属恒情。世固有屡征不应，坚卧邱园者，但郑非其人。飞卿殆微讽之。

题端正树　　温庭筠

路旁佳树碧云愁，曾侍金舆幸驿楼。

草木荣枯似人事，绿阴寂寞汉陵秋。

树在辇道之旁，曾荷元宗宸赏。一朝衰盛，固弹指间事。即树耐风霜，稍延岁月，但视汉陵松柏，至今菌蚀苔埋，同归灭没，况长安棋局，能不生悲！抚勤政楼前之柳，落连昌宫畔之桃，词客行吟，后先同慨也。

经故翰林袁学士居　　温庭筠

剑逐惊波玉委尘，谢安门下更何人。
西州城外花千树，尽是羊昙醉后春。

文士之驰骛名场者，结绿韬光，忽逢薛卞，感幸何如。方蛇珠之图报，俄马帐之惊寒，后堂重过，泪尽彭宣。此诗情词凄恻，洵谊重师门者。唐人诗：曾绝朱缨吐锦茵，欲披荒草访遗尘。秋风忽洒西园泪，满目山阳笛里人。亦有飞卿之感也。

河中紫极宫　　温庭筠

昔年曾伴玉真游，每到仙宫即是秋。
曼倩不归花落尽，满丛烟露月当楼。

此作与所录前二首，皆追念往事。但题端正树，则眷怀故君；过袁宅，则不忘师谊。此诗丹房花落，黄鹤仙遥，不过感旧怀人之作。而词客多情，触绪萦怀，皆激楚之音也。

题分水岭　　温庭筠

溪水无情似有情，入山三日得同行。
岭头便是分头处，惜别潺湲一夜声。

独客长征，有清溪宛转，三日随行，慰情胜无，遂有浮屠三宿桑下之恋。于无情处生情，情所由来，殆本天赋。若万物皆漠漠视之，宇宙几无生趣矣。飞卿此诗，我之对物有情也。唐戎昱《移家别湖上亭》诗：黄莺久住浑相识，欲别频啼四五声。物之对我有情也。物犹如此，人能如太上忘情乎？

鄠杜郊居　　温庭筠

槿篱芳草近樵家，陇麦青青一径斜。
寂寞游人寒食后，夜来风雨送梨花。

诗写郊居寂寞之境。寒食甫过，春光未老，而已绝游人，况零落梨花，又兼风雨。逐层写出，极表其郊野之萧寥也。

寄桐江隐者　　许　浑

潮去潮来洲渚春，山花如绣草如茵。

严陵台下桐江水，解钓鲈鱼能几人！

桐江山水秀绝。子陵去后，千载来客，星楼上，更无配食之人，宜四句“有几人”之叹。而此隐者，得诗人为侣，当是俊流。惜失其姓名，不得与严郡三高合传，续招仙之谣也。

经秦皇墓　　许　浑

龙蟠虎踞树层层，势入浮云亦是崩。
一种青山秋草里，行人惟拜汉文陵。

始皇墓，自牧火宵焚，久已沙沉白骨。汉文陵去唐时未远，尚有夕阳下马之人。仁暴之悬殊若此！伊古以来，万乘尊荣，而一抔埋灭者，何止登封之七十二君耶？

谢亭送别　　许　浑

劳歌一曲解行舟，红叶青山水急流。
日暮酒醒人已远，满天风雨下西楼。

唐人送别诗，每情文兼至，凄音动人。如“君向潇湘我向秦”，“明朝相忆路漫漫”，“西出阳关无故人”，“不及汪伦送我情”及此诗皆是也。曲终人远，江上峰青，倘令柳枝娘凤鞋点拍，曼声歌之，当怨入落花深处矣。

送宋处士归山　　许　浑

卖药修琴归去迟，山风吹尽桂花枝。
世间甲子须臾事，逢着仙人莫看棋。

处士解卖药修琴，当非俗客。而作者戏嘲之，谓莫看仙棋，恐烂柯重到，城郭人民，有鹤归之感。盖因其留连城市，秋老未归，故讽以诗也。

紫藤　　许　浑

绿蔓秾阴紫袖低，客来留坐小堂西。
醉中掩瑟无人会，家近江南罨画溪。

此作句秀而音婉，其命意所在，可就第三句观之。当藤花盛放，紫云翠幄中，留宾欢醉，而忽悠然掩瑟，感会意之无人。盖忆罨画溪边往事，风景依稀，未得逢人而语，故罢弹惆怅耳。

乌栖曲　　赵　嘏

宫乌栖处玉楼深，微月生檐夜夜心。

香辇不回花自落，春来空佩辟寒金。

作宫怨诗者，每言羊车不至，或抚纨扇以兴悲，或弹箜篌以寄怨。此作结句，亦借物书怀。深宵花落，甘耐春寒，安用明金之回暖。唐人诗中用“辟寒金”者，尚有“春瘦已宽连理带，夜长谁赠辟寒金”句，皆妍词凄韵也。

经汾阳旧宅　　赵　嘏

门前不改旧山河，破虏曾轻马伏波。

今日独经歌舞地，古槐疏冷夕阳多。

汾阳为唐室中兴元辅，乃正朔未更，而高勋名阀，已换槐荫斜日，一片凄迷，誓寒带砺，唐帝亦寡恩哉！张籍有汾阳旧宅改法雄寺诗，则舞榭歌台，更无遗迹矣。

西江晚泊　　赵　嘏

茫茫霭霭失西东，柳浦桑村处处同。

戍鼓一声帆影尽，水禽飞起夕阳中。

凡江行入暮时，上下舟樯，次第卸帆收港。江空无人，烟水迷茫中，惟有水禽翔泊。此诗诚善写江天入暮，空阔萧寥之状。

江楼感旧　　赵　嘏

独上江楼思悄然，月光如水水如天。
同来玩月人何在，风景依稀似去年。

唐人绝句，有刻意经营者，有天然成章者。此诗水到渠成，二十八字一气写出。月明此夜，风景当年，后人之抚今追昔者，不能外此。在词家中，惟“月到旧时明处，与谁同倚阑干”句，与此诗意境相似。

边庭　　卢　弼

朔风吹雪透刀瘢，饮马长城窟更寒。
夜半火来知有敌，一时齐保贺兰山。

作边塞诗者，或述征戍之苦，或表怀乡之思，此独言防秋之忠勇。前二句，极状边地严寒。后二句言，夜半忽堠烽传警，虏骑窥边。一时万甲齐趋，竞保西陲险隘。军令之整肃，将士之争先，皆于末句七字见之，觉虎虎有生气也。

送友人游边　　马　戴

有客新从绝塞回，自言曾上李陵台。
樽前话尽北风起，秋色萧条胡雁来。

此诗一气挥写，仅言边景，不言送别，惟略带远游及塞外早寒之意。沈归愚评唐人诗“有以气为主者，有以意为主者”，此作重在气格之高，不在修饰词句也。

折杨柳　　薛　能

洛桥晴影覆江船，羌笛秋声湿塞烟。
闲想习池公宴罢，水蒲风絮夕阳天。

折杨柳为送别之歌，当是朝官有公饯远行者，咏其事而未确指其人。水蒲风絮句，韵致殊胜，犹之江淹赋春草绿波，写景而离情自见。

席上赠琴客　　崔珏

七条弦上五音寒，此艺知音自古难。
惟有开元房太尉，始终怜得董庭兰。

牙琴罢鼓以来，知音难得。若房太尉以秉钧上相，怜古调琴师，世间能有几人。观其次句之意，赠琴客兼以自叹，寓斯人憔悴之感也。

邺宫词　　陆龟蒙

花飞蝶骇不愁人，水殿云廊别置春。
晓日靓妆千骑女，白樱桃下紫纶巾。

唐室盛时，宫闱恣纵，每有戎妆宫眷，跃马天衢。诗言云廊水殿，尚未畅游观，而别翻新样，晓色初开，已见千骑妆，纶巾耀日。奇丽则有之，其如朝政何？诗咏邺宫，盖借以讽谏也。

怀宛陵旧游　　陆龟蒙

陵阳佳地昔年游，谢朓青山李白楼。
惟有日斜溪上思，酒旗风影落春流。

宛陵为濒江胜地，诗吟澄练，楼倚谪仙，更得风影酒旗佳句。客过陵阳，益彰名迹，犹之桃花流水，遂传西塞之名，杨柳晓风，争唱井华之句也。

白莲　　陆龟蒙

素花多蒙别艳欺，此花端合在瑶池。
无情有恨何人见，月晓风清欲堕时。

月晓风清七字，得白莲之神韵。与昔人咏梅花“清极不知寒”、咏牡丹诗“香疑日炙消”，皆未尝切定此花，而他处移易不得。可意会不可言传也。

木兰花　　陆龟蒙

洞庭波浪渺无津，日日征帆送远人。
几度木兰舟上望，不知原是此花身。

在舟中见木兰花，而所乘者，即木兰之楫。身既成舟，与花何涉。释氏所谓以筏喻者，乘筏已登彼岸，焉用筏为。此诗咏木兰之意亦然，花与舟乃一而二者，可以悟身世矣。

病酒　　皮日休

郁林步障尽遮明，一炷浓香养病酲。
何事晚来还欲饮，隔墙闻卖蛤蜊声。

既已掩帷病酒，闻街头唤卖蛤蜊声，又动杯中之兴。一醉则万虑皆忘，昔人所谓那知许事，且食蛤蜊也。陆放翁止酒后，复有“杯汝前来”之句。黄山谷有“醉乡有路频到，此外不堪行”之词。诗人嗜酒，先后有同情也。

淮上与友人别　　郑谷

扬子江头杨柳春，杨花愁杀渡江人。
数声风笛离亭晚，君向潇湘我向秦。

送别诗，惟西出阳关，久推绝唱。此诗情文并美，一片凄音，可称嗣响。凡长亭送客，已情所难堪，况楚泽扬舲，秦关策马，飘零书剑，各走天涯，与客中送客者，皆倍觉魂销黯黯也。

席上赠歌者　　郑谷

花月楼台近九衢，清歌一曲倒金壶。

坐中亦有江南客，莫向春风唱鹧鸪。

声音之道，最易感人。昔人诗，若“此夜曲中闻折柳，何人不起故园情”，“横笛偏吹行路难，一时回首月中看”等句，孤客殊乡，每易生感。此诗亦然。听歌纵酒，本以排遣客愁。叮咛歌者，勿唱鹧鸪江南之曲，动我乡思，正见其乡心之深切也。

金陵晚望 高　蟾

曾伴浮云归晚翠，犹陪落日泛秋声。
世间无限丹青手，一片伤心画不成。

画实境易，画虚境难。昔人有咏行色诗云：赖是丹青无画处，画成应遣一生愁。与此诗后二句相似。行色固难着笔，伤心亦未易传神。金陵为帝王所都，佳丽所萃，追昔抚今，百端交集。伤心人别有怀抱，纵有丹青妙手，安能曲绘其心耶？此诗佳处在后二句，迥胜前二句也。

宫怨 司马札

柳色参差掩画楼，晓莺啼送满宫愁。

年年花落无人见，空逐春泉出御沟。

三四句借落花以自喻。花落而无人顾惜，固属可悲，而尚随沟水，流向人间。若已则终老长门，出宫无日，并落花而不如矣。

华清宫（二首）　　崔鲁

其一

草遮回磴绝鸣銮，云树深深碧殿寒。
明月自来还自去，更无人倚玉阑干。

其二

门横金锁悄无人，落日秋声渭水滨。
黄叶下山人寂寂，湿云如梦雨如尘。

前录王建诗，纪华清宫之极盛，此录崔鲁诗，言华清宫之衰废。第一首言宫内。明月自来二句，元宗归来感旧之意自寓其中，与“月明南内更无人”句，同一凄绝。第二首言宫外。四无人声，宫门深锁，回首天半笙歌，殊有鹤归之感。宋人《故宫》诗：漆车夜出宫门静，凉雨萧萧德寿宫。与此诗意境相似。失家亡国，可胜叹耶！

折杨柳

王贞白

枝枝交影锁长门，嫩色曾沾雨露恩。
凤辇不来春欲尽，空留莺语到黄昏。

白乐天咏故宫杨柳诗：楼前一株柳，长庆二年人。赋体也。此托之折杨柳词，以感怀故主，兴体也。诗人之咏柳者，曰菀彼柳斯，曰杨柳依依，曰有菀者柳，曰东门之杨……藉曼绿柔条之态，各写其歌离感事之怀，而未有寓弓剑之悲者。此诗沾恩随凤辇之尘，吊影剩莺簧之语，词臣恋主，音哀以思。顾亭林咏灵和殿柳"泪洒西风"，同此感也。

小楼

储嗣宗

松杉风外乱山青，曲几焚香对石屏。
却忆去年春雨后，燕泥时污太玄经。

前二句写景，已是一片静趣。后二句着想更高。当春物骀荡，群事嬉游，而独坐读太玄经，梁落燕泥，弥见幽寂。追隔岁回思，若有余味，知其天怀之淡定也。

放鹧鸪　　罗　邺

好倚青山与翠溪，刺桐毛竹待双栖。
花时迁客伤离别，莫向相思树上啼。

唐人诗“自起开笼放白鹇”，因思归而放鸟，推己及物也；“莫向春风唱鹧鸪”，因物感怀也。此则惠及羁禽，更嘱其勿伤迁客之心，推己及物，而兼及人，更为仁人之言矣。

秋怨　　罗　邺

梦断南窗啼晓乌，新霜昨夜下庭梧。
不知帘外如规月，还照边城到晓无？

深闺绝塞，天远书沉，所空际寄情者，惟万里外共对一轮明月，已属幽邈之思。作者更言，秋闺夜午，月渐西沉，不知塞外月斜，可还照征人铁甲？愈见思曲而苦矣。

花下　　司空图

故国春归未有涯，小楼高槛别人家。
五更惆怅回孤枕，自取残灯照落花。

表圣为唐末完人。此诗殊有君国之感。首句言收京之无望。次句言河山之易主。三四句，明知颓运难回，犹冀一旅一成，倘能兴夏。不敢昌言，以残灯落花为喻，顾周原之禾黍，徘徊而不忍去也。

闻雨　　　　韩　偓

香侵蔽膝夜寒轻，闻雨伤春梦不成。
罗帐四垂红烛背，玉钗敲著枕函声。

闻雨由闺思着笔，帐垂烛背，幽寂无声，惟闻玉钗敲枕。但写景物，而深宵听雨，伤春怀人之意，自在其中。句殊妍婉。

已凉　　　　韩　偓

碧阑干外绣帘垂，猩色屏风画折枝。
八尺龙须方锦褥，已凉天气未寒时。

上首《闻雨》，尚有“伤春”二字着眼。此则由阑干绣帘，而至锦褥，迤逦写来，纯是景物；而景中有人，隐有小怜玉体，在凉凉罗帐掩映之中。丽不伤雅，香奁集中隽咏也。

寒食夜　　韩偓

恻恻轻寒剪剪风，杏花飘雪小桃红。
夜深斜搭秋千索，楼阁蒙胧细雨中。

春日多雨。唐人诗如“春在濛濛细雨中”、“多少楼台烟雨中”，昔人诗中屡见之。此则写庭院之景。楼阁宵寒，秋千罢戏，其中有剪灯听雨人在也。

深院　　韩偓

鹅儿唼啑栀黄嘴，凤子轻盈腻粉腰。
深院下帘人昼寝，红蔷薇映碧芭蕉。

写深闺昼寝，而以妍丽之风景映之，静境中有华贵气。唐树义诗：行近小窗知睡稳，湘帘如水不闻声。虽极写静境，而含情在言外，与韩诗略同。

新上头　　韩偓

学梳蝉鬓试新裙，消息佳期在此春。
为爱好多心转惑，遍将宜称问傍人。

追吉有期，新妆乍试，明知梳裹入时，而犹问傍人者，一生爱好，不厌详求。作者善状闺人情性也。至嫁后，则画眉深浅，问夫婿而不问傍人。同一爱好，更饶风趣矣。

长门怨　　刘　驾

御泉长绕凤皇楼，只是恩波别处流。
闲揲舞衣归未得，夜来砧杵六宫秋。

首二句借泉流取喻，言君恩已属他人。宫怨之本意也。三句言，舞衣虽好，只贮空箱。言一己之怨也。四句言，六宫砧杵，同听秋声，则粉黛三千，齐声一叹，承恩者有几人耶？

湘中谣　　崔　涂

烟愁雨细云冥冥，杜兰香老三湘清。
故山望断不知处，鶗鴂隔花时一声。

歌谣与竹枝水调相类，重在音节入古，而用意则超于象外，斯为合作。此诗前二句写景，而已含愁思。三句表怀乡之意。四句言隔花鶗鴂，催换芳年，益复动人归思，悠然有弦外之音。

国家新闻出版广电总局
首届向全国推荐中华优秀传统文化普及图书

大家小书书目

国学救亡讲演录	章太炎　著　蒙　木　编
门外文谈	鲁　迅　著
经典常谈	朱自清　著
语言与文化	罗常培　著
习坎庸言校正	罗　庸　著　杜志勇　校注
鸭池十讲（增订本）	罗　庸　著　杜志勇　编订
古代汉语常识	王　力　著
国学概论新编	谭正璧　编著
文言尺牍入门	谭正璧　著
日用交谊尺牍	谭正璧　著
敦煌学概论	姜亮夫　著
训诂简论	陆宗达　著
金石丛话	施蛰存　著
常识	周有光　著　叶　芳　编
文言津逮	张中行　著
经学常谈	屈守元　著
国学讲演录	程应镠　著
英语学习	李赋宁　著
中国字典史略	刘叶秋　著
语文修养	刘叶秋　著
笔祸史谈丛	黄　裳　著
古典目录学浅说	来新夏　著
闲谈写对联	白化文　著
汉字知识	郭锡良　著
怎样使用标点符号（增订本）	苏培成　著
汉字构型学讲座	王　宁　著

诗境浅说	俞陛云　著
唐五代词境浅说	俞陛云　著
北宋词境浅说	俞陛云　著
南宋词境浅说	俞陛云　著
人间词话新注	王国维　著　滕咸惠　校注
苏辛词说	顾　随　著　陈　均　校
诗论	朱光潜　著
唐五代两宋词史稿	郑振铎　著
唐诗杂论	闻一多　著
诗词格律概要	王　力　著
唐宋词欣赏	夏承焘　著
槐屋古诗说	俞平伯　著
词学十讲	龙榆生　著
词曲概论	龙榆生　著
唐宋词格律	龙榆生　著
楚辞讲录	姜亮夫　著
读词偶记	詹安泰　著
中国古典诗歌讲稿	浦江清　著 浦汉明　彭书麟　整理
唐人绝句启蒙	李霁野　著
唐宋词启蒙	李霁野　著
唐诗研究	胡云翼　著
风诗心赏	萧涤非　著　萧光乾　萧海川　编
人民诗人杜甫	萧涤非　著　萧光乾　萧海川　编
唐宋词概说	吴世昌　著
宋词赏析	沈祖棻　著
唐人七绝诗浅释	沈祖棻　著
道教徒的诗人李白及其痛苦	李长之　著
英美现代诗谈	王佐良　著　董伯韬　编
闲坐说诗经	金性尧　著
陶渊明批评	萧望卿　著

古典诗文述略	吴小如 著
诗的魅力 ——郑敏谈外国诗歌	郑 敏 著
新诗与传统	郑 敏 著
一诗一世界	邵燕祥 著
舒芜说诗	舒 芜 著
名篇词例选说	叶嘉莹 著
汉魏六朝诗简说	王运熙 著 董伯韬 编
唐诗纵横谈	周勋初 著
楚辞讲座	汤炳正 著 汤序波 汤文瑞 整理
好诗不厌百回读	袁行霈 著
山水有清音 ——古代山水田园诗鉴要	葛晓音 著
红楼梦考证	胡 适 著
《水浒传》考证	胡 适 著
《水浒传》与中国社会	萨孟武 著
《西游记》与中国古代政治	萨孟武 著
《红楼梦》与中国旧家庭	萨孟武 著
《金瓶梅》人物	孟 超 著 张光宇 绘
水泊梁山英雄谱	孟 超 著 张光宇 绘
水浒五论	聂绀弩 著
《三国演义》试论	董每戡 著
《红楼梦》的艺术生命	吴组缃 著 刘勇强 编
《红楼梦》探源	吴世昌 著
《西游记》漫话	林 庚 著
史诗《红楼梦》	何其芳 著 王叔晖 图 蒙 木 编
细说红楼	周绍良 著
红楼小讲	周汝昌 著 周伦玲 整理

曹雪芹的故事	周汝昌　著　周伦玲　整理
古典小说漫稿	吴小如　著
三生石上旧精魂 ——中国古代小说与宗教	白化文　著
《金瓶梅》十二讲	宁宗一　著
中国古典小说十五讲	宁宗一　著
古体小说论要	程毅中　著
近体小说论要	程毅中　著
《聊斋志异》面面观	马振方　著
《儒林外史》简说	何满子　著
我的杂学	周作人　著　张丽华　编
写作常谈	叶圣陶　著
中国骈文概论	瞿兑之　著
谈修养	朱光潜　著
给青年的十二封信	朱光潜　著
论雅俗共赏	朱自清　著
文学概论讲义	老　舍　著
中国文学史导论	罗　庸　著　杜志勇　辑校
给少男少女	李霁野　著
古典文学略述	王季思　著　王兆凯　编
古典戏曲略说	王季思　著　王兆凯　编
鲁迅批判	李长之　著
唐代进士行卷与文学	程千帆　著
说八股	启　功　张中行　金克木　著
译余偶拾	杨宪益　著
文学漫识	杨宪益　著
三国谈心录	金性尧　著
夜阑话韩柳	金性尧　著
漫谈西方文学	李赋宁　著
历代笔记概述	刘叶秋　著

周作人概观	舒　芜　著
古代文学入门	王运熙　著　董伯韬　编
有琴一张	资中筠　著
中国文化与世界文化	乐黛云　著
新文学小讲	严家炎　著
回归，还是出发	高尔泰　著
文学的阅读	洪子诚　著
中国文学1949—1989	洪子诚　著
鲁迅作品细读	钱理群　著
中国戏曲	么书仪　著
元曲十题	么书仪　著
唐宋八大家 ——古代散文的典范	葛晓音　选译
辛亥革命亲历记	吴玉章　著
中国历史讲话	熊十力　著
中国史学入门	顾颉刚　著　何启君　整理
秦汉的方士与儒生	顾颉刚　著
三国史话	吕思勉　著
史学要论	李大钊　著
中国近代史	蒋廷黻　著
民族与古代中国史	傅斯年　著
五谷史话	万国鼎　著　徐定懿　编
民族文话	郑振铎　著
史料与史学	翦伯赞　著
秦汉史九讲	翦伯赞　著
唐代社会概略	黄现璠　著
清史简述	郑天挺　著
两汉社会生活概述	谢国桢　著
中国文化与中国的兵	雷海宗　著
元史讲座	韩儒林　著

魏晋南北朝史稿　　贺昌群　著
汉唐精神　　贺昌群　著
海上丝路与文化交流　　常任侠　著
中国史纲　　张荫麟　著
两宋史纲　　张荫麟　著
北宋政治改革家王安石　　邓广铭　著
从紫禁城到故宫
——营建、艺术、史事　　单士元　著
春秋史　　童书业　著
明史简述　　吴　晗　著
朱元璋传　　吴　晗　著
明朝开国史　　吴　晗　著
旧史新谈　　吴　晗　著　习之　编
史学遗产六讲　　白寿彝　著
先秦思想讲话　　杨向奎　著
司马迁之人格与风格　　李长之　著
历史人物　　郭沫若　著
屈原研究（增订本）　　郭沫若　著
考古寻根记　　苏秉琦　著
舆地勾稽六十年　　谭其骧　著
魏晋南北朝隋唐史　　唐长孺　著
秦汉史略　　何兹全　著
魏晋南北朝史略　　何兹全　著
司马迁　　季镇淮　著
唐王朝的崛起与兴盛　　汪　篯　著
南北朝史话　　程应镠　著
二千年间　　胡　绳　著
论三国人物　　方诗铭　著
辽代史话　　陈　述　著
考古发现与中西文化交流　　宿　白　著
清史三百年　　戴　逸　著

清史寻踪	戴　逸　著
走出中国近代史	章开沅　著
中国古代政治文明讲略	张传玺　著
艺术、神话与祭祀	张光直　著 刘　静　乌鲁木加甫　译
中国古代衣食住行	许嘉璐　著
辽夏金元小史	邱树森　著
中国古代史学十讲	瞿林东　著
历代官制概述	瞿宣颖　著
宾虹论画	黄宾虹　著
中国绘画史	陈师曾　著
和青年朋友谈书法	沈尹默　著
中国画法研究	吕凤子　著
桥梁史话	茅以升　著
中国戏剧史讲座	周贻白　著
中国戏剧简史	董每戡　著
西洋戏剧简史	董每戡　著
俞平伯说昆曲	俞平伯　著　陈　均　编
新建筑与流派	童　寯　著
论园	童　寯　著
拙匠随笔	梁思成　著　林　洙　编
中国建筑艺术	梁思成　著　林　洙　编
沈从文讲文物	沈从文　著　王　风　编
中国画的艺术	徐悲鸿　著　马小起　编
中国绘画史纲	傅抱石　著
龙坡谈艺	台静农　著
中国舞蹈史话	常任侠　著
中国美术史谈	常任侠　著
说书与戏曲	金受申　著
世界美术名作二十讲	傅　雷　著

中国画论体系及其批评	李长之　著
金石书画漫谈	启　功　著　赵仁珪　编
吞山怀谷 ——中国山水园林艺术	汪菊渊　著
故宫探微	朱家溍　著
中国古代音乐与舞蹈	阴法鲁　著　刘玉才　编
梓翁说园	陈从周　著
旧戏新谈	黄　裳　著
民间年画十讲	王树村　著　姜彦文　编
民间美术与民俗	王树村　著　姜彦文　编
长城史话	罗哲文　著
天工人巧 ——中国古园林六讲	罗哲文　著
现代建筑奠基人	罗小未　著
世界桥梁趣谈	唐寰澄　著
如何欣赏一座桥	唐寰澄　著
桥梁的故事	唐寰澄　著
园林的意境	周维权　著
万方安和 ——皇家园林的故事	周维权　著
乡土漫谈	陈志华　著
现代建筑的故事	吴焕加　著
中国古代建筑概说	傅熹年　著
简易哲学纲要	蔡元培　著
大学教育	蔡元培　著 北大元培学院　编
老子、孔子、墨子及其学派	梁启超　著
春秋战国思想史话	嵇文甫　著
晚明思想史论	嵇文甫　著
新人生论	冯友兰　著

中国哲学与未来世界哲学	冯友兰 著
谈美	朱光潜 著
谈美书简	朱光潜 著
中国古代心理学思想	潘 菽 著
新人生观	罗家伦 著
佛教基本知识	周叔迦 著
儒学述要	罗 庸 著 杜志勇 辑校
老子其人其书及其学派	詹剑峰 著
周易简要	李镜池 著 李铭建 编
希腊漫话	罗念生 著
佛教常识答问	赵朴初 著
维也纳学派哲学	洪 谦 著
大一统与儒家思想	杨向奎 著
孔子的故事	李长之 著
西洋哲学史	李长之 著
哲学讲话	艾思奇 著
中国文化六讲	何兹全 著
墨子与墨家	任继愈 著
中华慧命续千年	萧萐父 著
儒学十讲	汤一介 著
汉化佛教与佛寺	白化文 著
传统文化六讲	金开诚 著 金舒年 徐令缘 编
美是自由的象征	高尔泰 著
艺术的觉醒	高尔泰 著
中华文化片论	冯天瑜 著
儒者的智慧	郭齐勇 著
中国政治思想史	吕思勉 著
市政制度	张慰慈 著
政治学大纲	张慰慈 著
民俗与迷信	江绍原 著 陈泳超 整理

政治的学问	钱端升 著 钱元强 编
从古典经济学派到马克思	陈岱孙 著
乡土中国	费孝通 著
社会调查自白	费孝通 著
怎样做好律师	张思之 著 孙国栋 编
中西之交	陈乐民 著
律师与法治	江 平 著 孙国栋 编
中华法文化史镜鉴	张晋藩 著
新闻艺术（增订本）	徐铸成 著
经济学常识	吴敬琏 著 马国川 编
中国化学史稿	张子高 编著
中国机械工程发明史	刘仙洲 著
天道与人文	竺可桢 著 施爱东 编
中国医学史略	范行准 著
优选法与统筹法平话	华罗庚 著
数学知识竞赛五讲	华罗庚 著
中国历史上的科学发明（插图本）	钱伟长 著

出版说明

“大家小书”多是一代大家的经典著作，在还属于手抄的著述年代里，每个字都是经过作者精琢细磨之后所拣选的。为尊重作者写作习惯和遣词风格、尊重语言文字自身发展流变的规律，为读者提供一个可靠的版本，“大家小书”对于已经经典化的作品不进行现代汉语的规范化处理。

提请读者特别注意。

北京出版社